KB185657

제정신을 잃고

영혼을 찾다

제정신을 잃고 영혼을 찾다

오십, 산티아고 순례길에서 나를 만나다

초 판 1쇄 2025년 02월 17일

지은이 이재현
펴낸이 류종렬

펴낸곳 미다스북스
본부장 임종익
편집장 이다경, 김가영
디자인 윤가희, 임인영
책임진행 이예나, 김요섭, 안채원, 김은진, 장민주

등록 2001년 3월 21일 제2001-000040호
주소 서울시 마포구 양화로 133 서교타워 711호
전화 02) 322-7802~3
팩스 02) 6007-1845
블로그 http://blog.naver.com/midasbooks
전자주소 midasbooks@hanmail.net
페이스북 https://www.facebook.com/midasbooks425
인스타그램 https://www.instagram.com/midasbooks

ISBN 979-11-7355-069-0 03810

값 19,500원

LOSE YOUR MIND, FIND YOUR SOUL.

오십, 산티아고 순례길에서 나를 만나다

제정신을 잃고 영혼을 찾다

이재현 지음

미다스북스

프롤로그

돌이켜 보면 어떤 신비한 힘이 나를 산티아고 순례길로 이끌었던 것 같다. 그 시작은 선배 부부와 함께했던 가벼운 술자리였다. 20년 근속 휴가를 어떻게 보낼까 고민하던 중, 후배이자 형수인 유경이 안식년을 맞아 산티아고 순례길에 가고 싶다는 말을 꺼냈다. 혼자서는 엄두가 나지 않으니 함께 가 줄 누군가가 있으면 용기가 날 것 같다고 무심코 던진 그 한마디가 내 마음속에 스파크를 일으켰다.

나는 파리행 비행기표부터 먼저 예약했다. 그리고 용기를 내어 6주간의 긴 휴가를 과감하게 신청했다. 출발일이 불과 30일도 채 남지 않은 상황이었고 순례 준비는 그야말로 번갯불에 콩 볶듯 빠르게 마무리해야 했다. 유경은 일정상 중간에 합류하기로 하고 나는 필요한 장비를 챙겨 홀로 무작정 순례길에 올랐다.

이 책은 산티아고 순례길이라는 새로운 세계로부터 얻은 잊을 수 없는 소중한 경험들을 박제하기 위한 기록이다. 또한, 34일 동안 800km를 걷는 여정에서 떠오른 생각들 그리고 그 길 위에서 맺은 소중한 인연들이 담겨 있다. 이 여정은 삶에 대한 작은 깨달음을 얻는 시간이었고, 그 길에서 만난 사람들과 나눈 대화들은 내가 무심코 흘려보냈던 소중한 순간들을 다시금 일깨워 주었다. 그 만남과 경험들은 어느새 내 삶 속에 자연스럽게 녹아들어 나를 변화시켰다. 그 길 위에서 얻은 작은 깨달음들이 어떻게 내 일상 속에 스며들었는지 이 책을 통해 솔직하게 고백하고 싶다.

산티아고 순례길을 허락해 준 고마운 아내 은미, 사랑하는 유민 그리고 내 마음에 작은 불씨를 지펴 준 유경에게 감사의 마음을 전하고 싶다. 또한, 이 길에서 만난 소중한 까미노 친구들도 잊을 수 없다. 세계여행을 산티아고 순례로 시작한 강원도의 아기곰 부부, 영화 일을 하다 새로운 길을 찾고 있는 캐나다의 로리, 30여 개국을 여행하고 다시 세계여행을 떠난 미국의 킴, 특수교육 일을 하다 순례길에 나선 핀란드의 헨나, 그리고 나처럼 직장에서 휴가를 내고 모험을 떠난 재치 만점의 덴마크 청년 켄, 이 모두에게 깊은 감사를 전하고 싶다.

이 재 현

나의 산티아고 순례길

산티아고 순례길: 스페인의 유명한 성지순례길. 유럽의 여러 가지의 루트로 출발해서 최종 목적지인 스페인의 갈리시아 주 산티아고 데 콤포스텔라에 위치한 산티아고 데 콤포스텔라 대성당에 도착하는 800km에 달하는 도보 순례이다. 순례길의 상징은 가리비와 노란 화살표이다.

마음의 상처를 아파하기만 하던 어느 날, 나는 해답을 찾겠다는 막연한 기대를 안고 산티아고 순례길에 올랐다. 그러나 기대와는 달리 시작부터 밀려오는 육체적 고통과 현실적인 생존의 문제는 머릿속의 모든 고민과 아픔을 밀어내 버렸다. 쉴 새 없이 눈앞에 펼쳐지는 이국적인 풍경은 내가 애초에 무엇을 고민했는지조차 잊게 만들었다. 낯선 장소에 혼자 덩그러니 놓인 나는, 각자의 사연을 품고 이곳으로 온 사람들과 동질감을 느꼈다. 사람에 대한 경계심은 자연스레 허물어졌고 국적, 나이, 성별을 초월해 쉽게 친구가 되었다. 반복되는 우연한 만남 속에서 우리는 서로를 알아갔고 관계는 점차 깊어졌다. 각자의 이야기를 나누고 이를 통해 위로를 주고받으며 자신의 아픔이 열어지고 치유되는 경험을 했다.

순례길의 일상에 점점 적응하고 육체적 고통에 익숙해질 무렵, 머릿속은 다시 복잡해지기 시작했다. 나는 내가 왜 이곳에 있는지 내 문제에 대해 더 깊이 고민하게 되었다. 순례길의 끝이 가까워질수록 나는 어떤 큰 깨달음을 얻어야 한다는 강박감에 시달렸다. 그러나 순례길을 시작할 때 기대했던 큰 깨달음은 없었다. 하지만 마음속에서 나만의 '순례길 열매'가 자라고 있음을 어렴풋이 느꼈다. 구체적으로 손에 잡히지는 않았지만 지금의 나는 이전의 나와는 분명히 다르다.

순례길에서는

지친 몸을 누일 수 있는 침대 하나

멋진 풍경과 목을 축일 수 있는 한 모금의 물에 행복을 느낀다.

단순해진 행복의 기준을 실감하면서

그동안 잊고 있던, 나조차 몰랐던 나를 발견한다.

'나는 어떤 사람인가?'

'어떤 사람이 되고 싶은가?'

이제 일상과는 다른 차원으로 자신에게 접근하며

작은 실마리를 찾아본다.

행복은 일상의 틈새에 숨어 있는 작은 보물상자임을.

일상으로 돌아온 후 내가 겪은 경험을 전하면 부러움을 사기도 했지만, 내가 느꼈던 감정들이 제대로 전달되지 않는 듯했다. 설명 없이 공감을 나눌 수 있었던 순례길 친구들과 소식을 주고받으며 여운을 이어 가려 노력했다. 몸은 원래 자리로 돌아왔지만, 마음은 여전히 산티아고 순례길에 머물러 있었다. 이 상태는 나만의 일이 아니었다. '순례자가 그 길을 잊지 못하고 그리워하는 상태', 나는 '까미노 블루'를 앓고 있었다. 나는 여전히 순례길의 경험 속에 머물며 그것이 사라지지 않도록 붙잡고 싶었다. 순례길에서 남긴 기록을 다시 들춰 보며 비어 있는 공백들을 채워 갔다. 시간이 흘렀지만, 순례길의 기억은 어제 일처럼 선명했고, 왜 많은 이들이 힘들었던 그 길로 다시 돌아가고 싶어 하는지 이해할 수 있었다.

순례길에서의 고통과 기쁨, 낯선 이들과의 만남과 이별, 우연의 옷을 입고 찾아오는 뜻밖의 깨달음과 작은 행복은 모두 나를 발견하게 하는 조각들이었다. 순례길의 진정한 열매는 완주에 있지 않았다. 그 조각들을 맞추며 나에 대한 이해와 용서를 통해, 앞으로 나아갈 힘을 얻는 데 있었다. 이 길 위에서 나는 치유와 삶의 의미를 찾는 여정을 이어 갈 것이다. 삶의 모든 순간이 순례길의 연장임을 깨닫고, 다시 한 걸음을 내디딘다.

목 차

2장 자아와 인연의 순례 : 나를 찾아 안으로, 친구 찾아 밖으로

3장 내면과 사유의 순례 : 다시 만난 산티아고, 다시 찾은 나

O Cebreiro
León
Astorga
Burgos

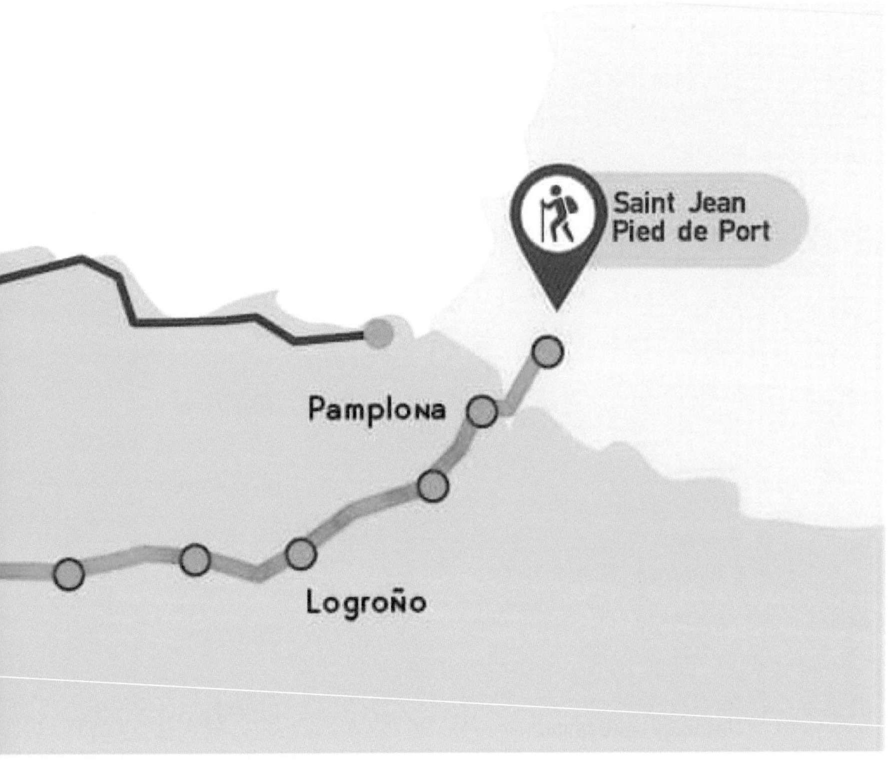

출처 : www.pilgrim.es/en/french-way/

DAY 1	Saint-Jean-Pied-de-Port Roncesvalles	25.20 km
DAY 2	Roncesvalles Zubiri	21.34 km
DAY 3	Zubiri Pamplona	20.25 km
DAY 4	Pamplona Puente la Reina	23.65 km
DAY 5	Puente la Reina Estella	21.99 km
DAY 6	Estella Los Arcos	21.40 km
DAY 7	Los Arcos Logroño	27.70 km
DAY 8	Bilbao	
DAY 9	Logroño Nájera	28.27 km
DAY 10	Nájera Grañón	27.77 km
DAY 11	Grañón Villafranca - Montes de Oca	27.64 km
DAY 12	Villafranca - Montes de Oca Burgos	38.07 km
DAY 13	Burgos Hornillos del Camino	20.87 km
DAY 14	Hornillos del Camino Castrojeriz	19.47 km
DAY 15	Castrojeriz Frómista	25.28 km
DAY 16	Frómista Carrión de los Condes	18.88 km
DAY 17	Carrión de los Condes Moratinos	29.21 km

DAY 18	Moratinos Bercianos del Real Camino	**19.90** km
DAY 19	Bercianos del Real Camino Reliegos	**20.18** km
DAY 20	Reliegos León	**24.56** km
DAY 21	León	
DAY 22	León San Martín del Camino	**24.50** km
DAY 23	San Martín del Camino Astorga	**22.92** km
DAY 24	Astorga Rabanal del Camino	**19.81** km
DAY 25	Rabanal del Camino Molinaseca	**24.71** km
DAY 26	Molinaseca Villafranca del Bierzo	**32.12** km
DAY 27	Villafranca del Bierzo O Cebreiro	**28.79** km
DAY 28	O Cebreiro Fillobal	**17.18** km
DAY 29	Fillobal Sarria	**27.88** km
DAY 30	Sarria Portomarín	**22.04** km
DAY 31	Portomarín Palas de Rei	**25.39** km
DAY 32	Palas de Rei Ribadiso	**25.50** km
DAY 33	Ribadiso Lavacolla	**31.69** km
DAY 34	Lavacolla Santiago de Compostela	**10.30** km

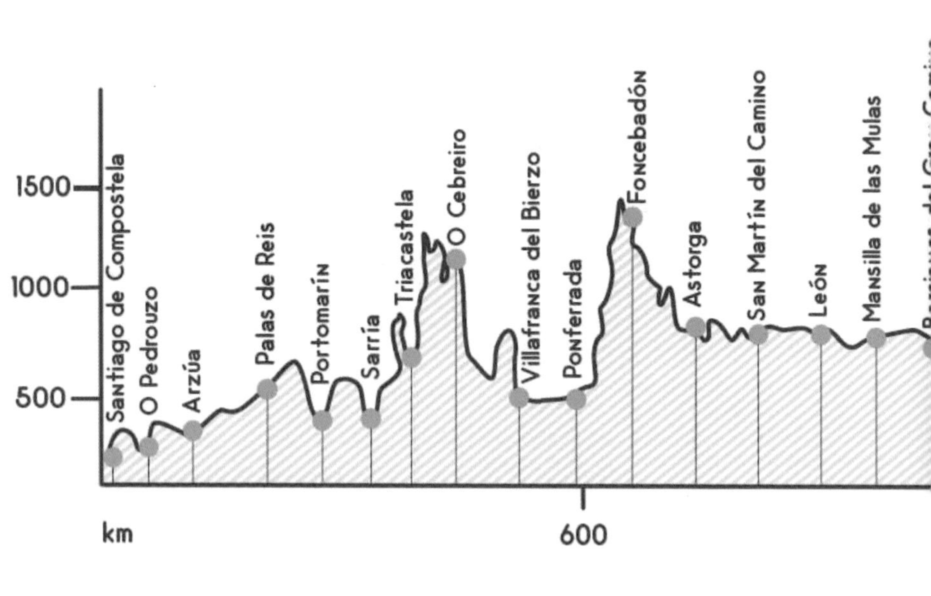
1500
1000
500
Santiago de Compostela
O Pedrouzo
Arzúa
Palas de Reis
Portomarín
Sarría
Triacastela
O Cebreiro
Villafranca del Bierzo
Ponferrada
Foncebadón
Astorga
San Martín del Camino
León
Mansilla de las Mulas
km
600

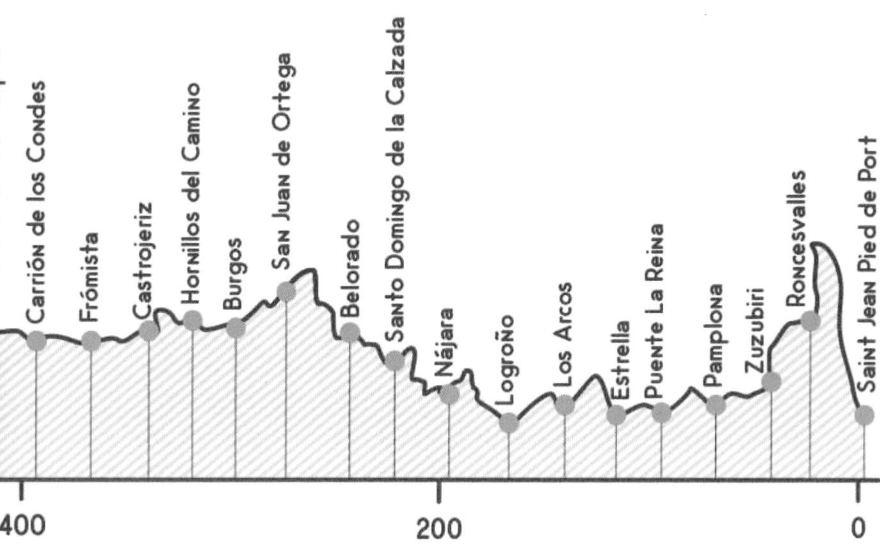

출처 : www.pilgrim.es/en/french-way/

1장

생존과 탐색의 순례

: 쉬운 것 하나 없는 길에 서다

LOSE YOUR MIND, FIND YOUR SOUL.

DAY 0

우리는 절대로 당신들을 저버리지 않습니다!

○ Saint-Jean-Pied-de-Port

J형 순례자와 P형 순례자

심야버스는 드골 공항의 불빛을 뒤로하고 깊은 어둠 속으로 빨려 들어갔다. 바욘으로 향하는 12시간의 버스 여행은 낯설고 끝없이 이어지는 것처럼 느껴졌다. 14시간의 비행 끝에 또 12시간의 버스라니, 몸이 버텨 줄지 걱정이었다. 순례길을 시작하기도 전에 이미 탈진할 것 같았다. 그나마 버스에 화장실이 있다는 사실이 신기하기도 하고 위안이 됐다. 사실, 파리에서 TGV를 타고 편하게 갈 수도 있었는데, 나의 게으름 덕분에 기차 예매에 실패하고 이 긴 버스를 타게 된 것은 첫 번째 예상치 못한 고비였다. 창밖으로 보이는 풍경은 어둠에 묻혀 서서히 사라졌고, 800km의 여정이 어떤 새로운 도전을 품고 있을지 모르기에, 나는 불편한 몸을 의자에 묻고 스스로에게 물었다.

'이렇게 시작해도 괜찮을까?'

내 안의 두려움은 조용히 스며들며 가벼운 긴장감을 만들어 냈다. 어둠이 짙어질수록 마음속 불안감도 커져 갔다. 하지만 그 불안은 묘하게도 기대감과 뒤섞여 있었다.

시간이 지나자 버스 안의 따뜻한 공기는 안전한 피난처처럼 느껴졌고, 옆에 앉은 사람들의 얼굴은 창문 밖 스쳐 가는 희미한 가로등 불빛에 비쳤다 사라지기를 반복했다. 문득 옆자리에 앉은 사람을 돌아봤다. 70대 한국 노신사가 입을 다문 채 꼿꼿이 앉아 있었다. 짧게 엉킨 회색 머리, 단단한 체구에 적당히 그을린 피부, 그리고 익숙한 아웃도어 차림으로 철저히 준비한 그의 모습에서 전문가적인 면모와 힘이 느껴졌다. 그는 마치 이 여정을 이미 몇 번은 걸어 본 사람 같았다.

"제주도 올레길부터 우리나라 유명한 트레킹 코스는 다 걸어 봤죠. 이번엔 이 산티아고 순례길에 도전하는 겁니다."

그의 목소리에는 자신감이 가득했다.

"미리 한 달 일정을 다 짜 놓고 30곳이 넘는 숙소도 모두 예약했어요. 이렇게 하면 외국어를 전혀 못 해도 문제가 없거든요."

그의 꼼꼼함은 감탄을 자아냈다. 나와는 너무 다른 모습이었다. MBTI로 따지자면 그는 J형 성향의 전형적인 인물이었다. 계획을 세우고 세부적인 일정표를 짜고 준비에 만전을 기하는 타입. 반면 나는 자유로운 성향의 P형이었다. 내일 숙소도 정하지 않고 그냥 걸어 보겠다는 발상을 하고 있으니 말 그대로 계획 없는 자유였다.

"저는 내일 숙소도 정하지 않았는데 그냥 걸어 보려고요." 내가 대답하자, 그의 눈이 커졌다.

"한 달이 넘는 긴 순례길인데 계획 없이 간다고요?"

그는 상식 밖의 결정을 한 사람을 보는 듯한 표정을 지었다. 한동안 우리 사이에는 미묘한 침묵이 흘렀다. 우리는 같은 길을 걷고 있지만, 준비하는 방식은 극과 극이었다.

"J형과 P형이 함께 길을 걷는다면 어떤 일이 일어날까?"

순간, 머릿속에 떠오른 엉뚱한 상상이었다. 노신사는 분명히 매일 아침 일정한 시간에 일어나 발걸음 하나하나를 계획하고 있을 테고 나는 그 옆에서 "오늘은 그 마을에서 머물까? 아니면 저쪽 길로 가 볼까?" 하고 그날의 느낌에 따라 마음을 정할 게 뻔했다.

우리 둘이 느끼는 여행의 의미도 다를 것이었다. J형 노신사에게 이 순례길은 오랜 시간 준비하고 다듬은 목표를 실현하는 순간일 것이다. 반면, 나는 이번 순례길을 '예측할 수 없는 길'로 받아들이기로 결심한 터였다. 미래를 미리 걱정하지 않고 그때그때 부딪치며 길을 걸어가는 것, 그것이 내가 선택한 여정이었다. 그러나 그런 대비되는 우리 모습조차도 이 길 위에서는 모두 같은 순례자로서 어우러질 것이며 순례길을 마친 후 서로 전혀 다른 경험과 기억으로 남을 것이다.

버스는 흔들리며 바욘에 도착했다. 머리 위로 내리쬐는 따스한 햇살은 내가 비로소 유럽 땅에 발을 내디뎠다는 사실을 실감하게 해 주었다. 바욘은 평화롭고 고요한 도시였다. 강이 도심을 가로지르고 있었고, 그 강 옆으로는 조용한 카페들이 줄지어 있었다. 붉은 기와지붕과 따뜻한 색의 벽돌 건물들이 어우러진 풍경은 마치 한 폭의 그림처럼 펼쳐졌다. 내 몸의 피로가 차츰 녹아내리고 있었다.

침대 대신 얻게 된 새로운 인연

"우리는 절대로 당신을 저버리지 않을 겁니다!"

10kg짜리 배낭을 짊어지고 언덕 위의 순례자 사무실까지 헐떡이며 뛰어올라갔을 때 돌아온 대답이었다.

"이번에도 자리가 없으면 4시에 다시 이곳으로 오세요."

이미 이곳에서 소개받은 두 번째 알베르게에서도 거절당한 뒤였기에 그 말은 마치 마지막 남은 구원의 줄 같았다. 하지만 이미 평정심을 잃은 나는 반쯤 정신이 나가 있었다.

우여곡절 끝에 도착한 생장은 평화로웠다. 순례자 사무실 앞에는 설렘과 긴장감이 뒤섞인 얼굴로 순례자들이 차례를 기다리고 있었다. 나는 순례자 여권인 크리덴셜을 받으며 내일 걸어야 할 나폴레옹 길에 대한 주의사항을 듣고 숙소를 배정받았다. 순례의 상징인 가리비 조개껍질도 장만했다. 그러나 순조로운 순례길은 여기까지였다. 코로나19로 중단됐던 순례가 재개된 지 얼마 되지 않아 순례자들이 몰려 숙소가 턱없이 부족했다.

내가 배정받은 알베르게에는 자리가 없었다. 예상치 못한 생존의 순례길이 시작되고 있었다.

마지막으로 안내를 받은 21번 알베르게에 도착했을 때 로비는 이미 순례자들로 가득 차 있었다. 그들 대부분은 한국에서 온 사람들이었으며 예약 실패로 이곳저곳 헤매다 모여든 이들이었다. 다들 알베르게 주인을 기다리며 마지막 희망을 품고 있었지만 돌아온 대답은 냉정했다.

“여기도 자리가 없습니다.”

로비는 일순간 조용해졌고 순례길의 험난함이 현실로 다가왔다.

더는 숙소를 찾아 헤매는 것보다 차라리 함께 밥이나 먹자는 누군가의 제안에 우리는 근처 식당으로 발걸음을 옮겼다. 70대 사업가, 푸근한 인상의 여성, 대학을 중퇴하고 이곳에 온 젊은 아가씨, 두 번째 순례길을 나선 30대 여성, 조기 은퇴 후 세계여행을 순례길로 시작한 50대 부부, 등산 전문가처럼 보이는 중년 남성들까지 각기 다른 인생을 살아온 사람들이 프랑스의 작은 마을 생장에서 한 식탁에 둘러앉게 되었다. 상황은 녹록지 않았지만 그 자리에는 묘한 안도감이 감돌았다. 식탁에 모인 우리 모두는 같은 처지의 동료 순례자들이었기 때문이었다.

얻지 못한 침대 대신 새롭게 얻은 만남과 이야기들이 이 순례길을 특별하게 만들어 주고 있었다. 계획하지 않은 만남에서 피어난 이 연대감은 어쩌면 순례길에서 내가 처음으로 얻은 소중한 인연이었다.

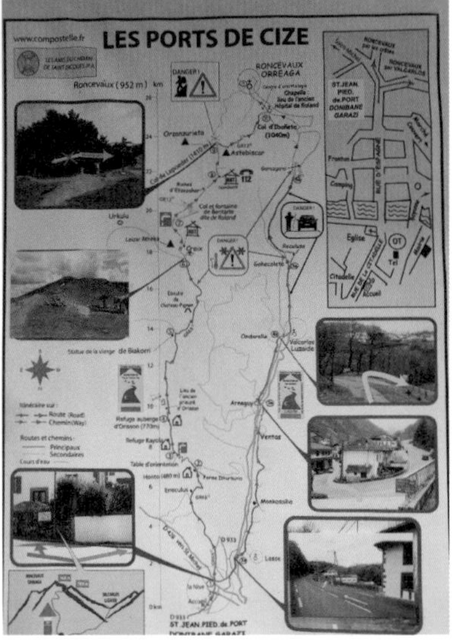

소방서에서 시작한 나의 순례길

다시 도착한 사무실에는 나와 비슷한 처지의 순례자들이 모여 있었다. 서른 명 정도 되는 사람들은 하나같이 불안하고 피곤한 표정이었다. 으슥한 골목길을 지나 도착한 곳은 예전에 소방서로 쓰였던 폐가 같은 건물이었다. 높은 천장을 가진 어두운 소방서 내부를 밝히는 전등은 단 하나뿐이었으며, 차가운 콘크리트 바닥 위에는 축축한 매트리스들이 놓여 있었다.

사용 가능한 샤워기와 변기도 단 하나뿐이었다. 유일한 샤워기에서는 차가운 물만 쏟아졌다. 이 상황에서 따뜻한 물을 기대하는 것은 사치였다. 모두가 주저하는 가운데 내가 먼저 찬물 샤워에 도전했다. 얼음장 같은 물줄기가 온몸을 때리자 정신이 번쩍 들었다. 하지만 숙소를 구하지 못해 길거리에서 밤을 보내는 것에 비하면, 이마저도 감사할 일이었다.

샤워를 마치고 나니 오히려 마음이 느긋해져 50대 은퇴 부부와 함께 마을 구경을 나섰다. 낮에 정신없이 뛰어다니느라 보지 못했던 풍경이 이제야 눈에 들어왔다. 해가 저물어 가는 생장의 네브강은 어둠과 불빛이 어우러진 고요한 물결을 간직하고 있었다. 돌다리는 강을 가로지르며 오래된 이야기를 속삭이는 듯 서 있었고 강변의 건물들은 은은한 불빛으로 저녁의 온기를 더했다. 하늘은 깊은 파랑으로 물들었고 다리와 건물, 그리고 물에 비친 불빛이 어우러져 순간을 멈추게 할 듯한 아름다운 풍경을 만들어 내고 있었다.

다시 돌아온 어두운 소방서 건물. 축축한 공기와 냉기가 서린 차가운 바닥이 나를 맞이했지만, 한국을 떠나 40시간 만에 몸을 뉜 자리에서 느낀 안도감은 이 모든 불편함을 이겨 내고도 남았다.

밤이 되자 순례자들 사이에 이야기꽃이 피기 시작했다. 누군가 오늘의 고생담을 꺼내놓자 다른 사람들도 자연스럽게 자신의 하루를 풀어놓았다. 어둠이 깔린 소방서 안에는 다양한 목소리가 뒤섞였고, 때때로 터져 나오는 웃음과 코 고는 소리가 공간을 채웠다. 초현실적인 분위기 속에서 이 첫날밤의 기억은 순례길의 진정한 시작을 알리는 순간이었다. 내일은 또 어떤 이야기가 기다리고 있을까? 기대와 걱정이 뒤섞인 마음으로, 나는 이 길 위에서의 첫날을 두고두고 기억하게 될 것을 직감했다.

DAY 1

피레네산맥에서 마주한 나의 굴레와 인연

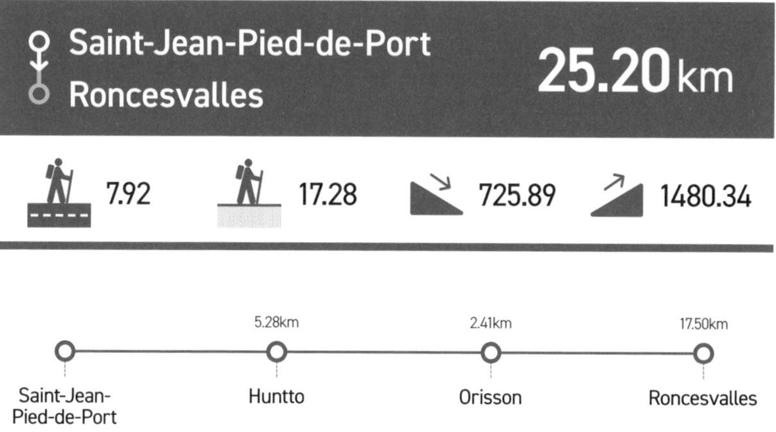

산티아고 순례길 첫날, 프랑스의 작은 마을 생장 피에드포르(Saint-Jean-Pied-de-Port)에서 출발해 피레네산맥을 넘어 스페인의 론세스바예스(Roncessvalles)로 향하는 일정이었다. 나폴레옹이 피레네산맥을 넘어 스페인을 침공할 때 사용했던 이 길은 '나폴레옹 길'로 불리며 순례자들에게는 특히 힘든 구간으로 악명 높다. 많은 이들이 무거운 배낭을 운반해 주는 동키(donkey) 서비스를 이용할 만큼, 이 길을 걷는 일은 체력적으로도 큰 도전이다. 오늘의 도전은 고도 1480m를 넘어 25km를 걷는 것으로 한라산을 넘는 것과 비슷하다.

저질 체력의 순례자

드골 공항 대합실에서 밤새 기다리다가 심야 버스를 타고 바욘에 도착, 다시 버스를 타고 생장에 도착하는 살인적인 일정을 어제 소화했다. 피곤한 몸을 이끌고 소방서 바닥의 축축한 매트리스에 누웠지만 깊은 잠을 이루지 못했다. 다행히 어제 버스 옆자리에서 만난 노신사의 도움으로 론세스바예스 알베르게를 예약해 두었기에 조금은 마음이 놓였다.

주변에서 들려오는 코 고는 소리와 부스럭거리는 소리 때문에 더 이상 잠을 잘 수 없어 새벽 4시 50분에 출발했다. '힘들다'고 소문난 길이었지만 나는 10kg의 배낭을 직접 메기로 결심했다. 어두운 골목길을 헤드랜턴으로 비추며 순례길을 시작했다. 예상과 달리 길 위에는 아무도 보이지 않았다.

'혹시 길을 잘못 들었나?' 하는 불안이 밀려왔다.

어제의 기억을 더듬으며 노란 화살표를 찾아 이리저리 헤매던 중 젊은 아가씨 셋과 마주쳤다. 내가 반대 방향으로 걷고 있었던 게 분명했다. 시작부터 만만치 않은 순례길이었다. 처음으로 순례길 인사를 건넸다.

"부엔 까미노(Buen Camino)!"

스페인어로 '좋은 길'이란 뜻이다. 그녀들은 어제 소방서에서 하룻밤을 함께 보낸 미국 아가씨들, 킴과 테일러였다. 나는 인사를 나누고 그녀들의 뒤를 조용히 따르기 시작했다. 처음엔 아가씨들이 힘들어하면 도와주려는 마음이었지만 시간이 지나면서 점점 거리가 멀어졌다. 결국 내가 챙겨야 할 사람은 나 자신이었다. 그렇게 순례길 첫날은 저질 체력을 실감하며 시작됐다.

나의 굴레는 무엇인가?

순례길 첫날 대부분의 순례자들은 피레네산맥을 넘으며 겪은 고난이나 그곳에서 바라본 경이로운 풍경에 대해 이야기하곤 한다. 하지만 내 머릿속에 가장 선명하게 남은 기억은 의외의 것이었다. 그것은 길바닥에 설치된 구조물이었다. 처음엔 무심코 지나쳤지만, 같이 걷던 한국 분의 설명을 듣는 순간, 머릿속에서 전구가 하나 켜진 듯했다.

이 장치는 '소 방지 격자(cattle grid)'로 알려져 있으며 평평한 막대나 튜브가 트렌치 위에 나란히 놓인 구조이다. 차량이나 사람은 편하게 건널 수 있지만 동물은 발을 디딜 수 없는 구조로 되어 있어 발을 들이밀자마자 자연스럽게 돌아서게 한다. 무엇보다 인간은 이 장치를 아무런 제약 없이 넘나들 수 있지만 동물의 움직임은 아주 간단한 방식으로 제한된다는 점에서 이 기발한 발명품은 간결함에도 불구하고 매우 효과적이었다.

나는 이처럼 단순하지만 교묘하게 자유를 제한하는 장치를 보며 세상의 더 큰 질서에 대해 생각이 닿았다. 만약 신이 존재한다면, 우리 인간 역시 이렇게 보이지 않는 굴레에 묶여 살고 있는 건 아닐까? 신이 만들어 놓은 규칙들이 우리 삶의 경계를 설정하고 우리는 그 사실조차 자각하지 못한 채 살아가는 건 아닐까? 우리가 당연하게 받아들이는 많은 제약들이 실은 우리가 넘어설 시도조차 하지 못하게 하는 장치일지도 모른다는 의문이 들었다.

나 역시 그 굴레 속에 갇혀 살아왔던 것 같다. "시간이 없어서", "돈이 없어서", 아니면 "너무 귀찮아서"라는 작은 핑계들이, 내가 진정으로 원하는 삶으로 향하는 시도를 가로막고 있었을지도 모른다. 이 작은 핑계들이 마치 그 쇠파이프처럼 나를 멈추게 했다. 그렇다면 나를 묶고 있는 이 보이지 않는 굴레를 벗어나려면, 어떻게 해야 할까?

중요한 것은 이 보이지 않는 굴레를 인식하기 시작했다는 것이다. 그것이 외부에서 부여된 것이든 스스로 만든 것이든, 그 장치를 알아차린 순간부터는 그 틀을 벗어나기 위한 여정을 시작할 수 있다. 이제 필요한 것은 그 경계를 넘기 위한 작은 한 걸음을 내디딜 용기이다. 앞으로 펼쳐질 인생의 순례길에서, 나는 그동안 나를 멈추게 했던 작은 핑계들에 더 이상 머무르지 않기로 마음먹었다. 작은 한 걸음이 쌓여 가며 내 안에 숨겨져 있던 가능성을 발견하고, 순례길의 끝자락에서는 울타리를 넘어 자유롭게 뛰노는 나를 마주했으면 좋겠다.

인연의 시작

산책길처럼 부담 없이 시작된 길은 끝없는 오르막으로 바뀌었다. 새벽에 본 일출의 감동은 이미 오래전에 사라졌다. 가야 할 길은 눈앞에 뚜렷이 보였지만 끝이 보이지 않았다. 마치 에베레스트 정상을 오르는 등반가처럼 천근 같은 걸음을 내딛고 있을 무렵, 앳된 아가씨가 길가에서 산 쪽으로 급히 올라가려는 모습이 보였다. 생리 현상을 해결하려는 듯해 모른 척하려 했지만 그녀와 눈이 마주쳤다. 나는 가볍게 인사를 건넸다. 그녀는 잠시 멈춰 환하게 웃으며 인사를 받아 주었다. 그 순간 그녀의 맑은 눈빛과 햇빛에 반짝이는 금발이 눈에 들어왔다. 그녀는 마치 만화에서 튀어나온 듯한 생기발랄함을 지니고 있었고, 표정에서는 약간의 익살스러움도 느껴졌다. 머리에 쓴 모자는 그녀의 금발과 잘 어울렸고, 작은 체구에도 불구하고 큰 배낭을 짊어진 모습에 살짝 걱정이 되기도 했다. 스쳐 가듯 짧은 만남이었지만, 그녀와의 만남은 묘한 여운을 남겼다.

우여곡절 끝에 도착한 론세스바예스 알베르게. 굳게 닫힌 입구 옆에는 순례자들이 배낭을 줄지어 세워 놓고 입장을 기다리고 있었다. 브라질 아저씨가 마치 직원처럼 도착하는 순례자에게 설명을 해 주고 배낭 정리도 하고 있었다. 나는 배낭을 세워 놓고 쉴 자리를 찾았다. 산에서 잠깐 스쳤던 아가씨가 보여 그녀 옆에 자리를 잡고 앉았다. 그녀는 아버지로 보이는 나이 지긋한 중년 아저씨와 다정하게 이야기를 나누고 있었다. 대화를 나누어 보니 부녀지간은 아니고 둘 다 캐나다 퀘벡에서 온 동포 사이라 했다. 그녀는 스물두 살의 로리(Laurie)였다. 알베르게 입장이 시작되어 많은 대화를 나누지는 못했지만, 어쩐지 순례길에서 그녀와의 인연은 길게 이어질 것 같은 느낌이었다.

고개를 돌려 보니, 어제 소방서에서 함께 머문 50대 부부가 손을 흔들며 반갑게 인사했다. 이른 시간에 길을 나선 부부는 1등으로 도착했다고 했다. 너무 일찍 출발해 중간에 요기할 수 있는 푸드트럭을 놓쳤고, 내려오는 길에 남편의 다리가 풀려 결국 아내가 남편의 배낭을 메고 걸었다며 고생담을 늘어놓았다. 그 부부와는 왠지 모르게 마음이 잘 맞았고, 우리는 카카오톡 친구가 되었다. 남편의 이름이 '아기곰'으로 저장된 것을 보고, 나는 그 이후로 그들을 '아기곰 부부'라고 불렀다.

이렇듯 여러 갈래의 씨줄과 날줄처럼 인연들이 길 위에서 서로 얽히고 있음을 어렴풋이 느낄 수 있었다.

겸손해지는 데는 단 하루면 충분해!

론세스바예스 알베르게는 규모가 상당히 컸다. 길게 늘어선 수십 개의 2층 침대는 4개의 침대를 단위로 구획이 나뉘어 있었고, 개인 사물함도 있었다. 나는 처음 경험하는 알베르게였기 때문에 비교 대상이 없었지만, 사람들은 첫날의 알베르게에 비해 시설이 훨씬 훌륭하다며 만족했다. 내가 속한 구획에는 모두 한국 순례자들이 배정되었다. 그중 한 명은 심야 버스에서 옆에 앉았던 어르신이었고, 나머지 두 명은 젊은 청년들이었다. 침대에 자리 잡은 순례자들의 얼굴에서는 여러 고민이 스쳐 지나가는 듯했다.

'내가 이 순례길을 무사히 완주할 수 있을까?'

나 또한 너무 힘든 첫날 순례길 때문인지, 처음 순례길을 시작했을 때의 호기는 온데간데없고 걱정으로 머리가 복잡해졌다. 내 침대 위층에 자리 잡은 건장한 청년은 짐 정리에 몰두하고 있었다. 무엇을 하는지 궁금해 넌지시 물어보니 어떤 것을 버릴지 고민 중이라고 했다. 또한 신발이 문제라며 신발을 구매할 수 있는 곳을 검색하고 있었다. 그는 등산화가 아닌 군화 같은 신발을 신고 순례길을 나섰고, 벌써 발에 물집이 생겨 엉거주춤한 자세로 걸어 다녔다. 순례길에서는 종이 한 장이라도 가볍게 하고 싶어지는 순간이 온다고들 하던데, 하루 만에 벌써 그런 고민을 하는 사람을 실제로 보게 될 줄은 몰랐다. 그 청년을 보며 '이 길은 사람에게 비움도 가르치는구나' 싶었다. 그렇다. 산티아고 순례길에서 나를 내려놓고 겸손해지는 데는 단 하루면 충분했다. 나는 단 하루 만에 겸손해진 그 청년을 보며 그저 앞으로의 여정이 이보다 덜 고되길, 그리고 나도 곧 겸손해지길 바랄 뿐이었다. 여기저기서 들려오는 코 고는 소리가 마치 자장가처럼 천천히 퍼졌다. 그렇게 나는 천천히 피로에 젖어 들며 깊은 잠에 빠져들었다.

DAY 2

생존의 순례길, 1등으로 알베르게에 도착하다!

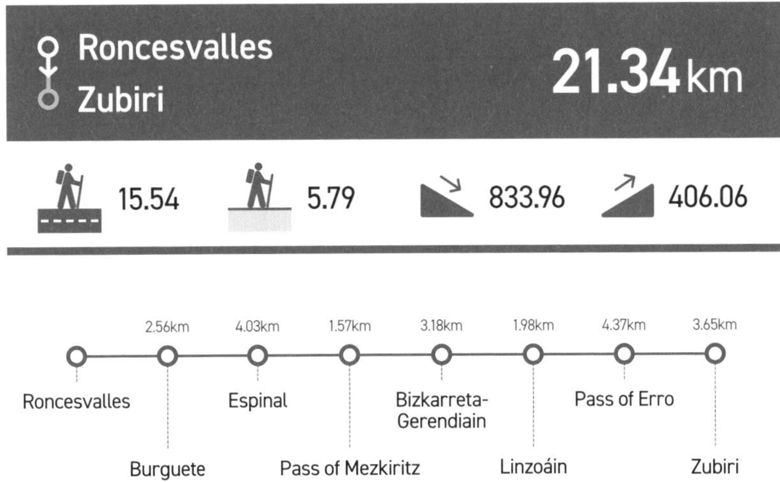

오늘의 목적지는 수비리(Zubiri)로, 21km를 걸어야 한다. 어제는 버스에서 만난 어르신 덕분에 론세스바예스 알베르게 예약을 간신히 할 수 있었지만, 오늘 도착할 수비리는 이미 며칠 전부터 예약이 꽉 찬 상태였다. 예약을 하지 못했으니 공립 알베르게에 일찍 도착해 선착순으로 침대를 배정받아야 했다.

생존의 순례길

예약이 없는 첫날이라 마음이 더 조급해져 미리 신청해 두었던 아침도 취소하고 새벽 5시에 출발했다. 함께 길을 나선 이들은 아기곰 부부와 천안에서 온 두 중년 남성. 모두 생장의 소방서에서 하룻밤을 보낸 동지들이었다. 우리는 모두 수비리 공립 알베르게에 최대한 일찍 도착해 침대를 확보해야 했다. 천안에서 온 두 중년 남성은 걷기 실력이 출중해 우리는 그들을 '빨치산 아저씨들'이라 부르곤 했다. 한 명은 제주도 올레길을 완주했고, 다른 한 명은 반쯤 걸은 후 산티아고에 도전한, 거의 '프로 걷기러'들이었다.

어둠을 뚫고 발걸음을 내딛는 우리의 모습은 마치 중요한 임무를 수행하는 특수 요원들 같았다. 랜턴의 희미한 빛이 새벽의 차가운 공기를 가르며 길을 비추었고, 그 빛을 따라 묵묵히 걷는 우리. 그날의 임무는 단 하나, 수비리 알베르게의 침대를 확보하는 것이었다.

어둠이 사라지자 안개 낀 초원이 서서히 모습을 드러냈다. 안개에 휩싸인 초원은 현실과 꿈의 경계를 흐리며 마치 환상 속을 걷는 듯한 착각을 불러일으켰다. 발걸음마다 새벽의 차가운 공기가 피부에 닿으며 마치 안개 속으로 스며드는 듯한 기분을 선사했다. 나무가 우거진 숲길을 만났을 때는 적당한 그늘을 만들어 주어 상쾌한 기분으로 발걸음을 옮길 수 있었다.

마을을 몇 개 지났지만, 너무 이른 시간이라 문을 연 바(Bar)는 찾아 볼 수 없었다. 우리는 문이 굳게 닫힌 바의 앞마당에 자리를 잡고 간식으로 챙겨 온 사과와 바나나를 꺼내 먹으며 허기를 달랬다. 주위를 둘러보니 마치 그림 속에서만 볼 수 있을 법한 풍경이 눈앞에 펼쳐졌다. 일행 중 한 명이 산티아고 순례길 안내 책자에서 본 사진을 꺼내 보여 주며 "이곳이 바로 그 사진 속 풍경 같아요."라고 말했다. 정말 그랬다. 책자 속에서나 보던 풍경이 실제로 내 앞에 펼쳐진 것을 보니 내가 정말 순례길을 걷고 있다는 사실이 실감되었다.

주위의 풍경을 감상하는 것도 잠시, 우리 일행은 다시 길을 재촉했다. 얼마 되지 않아 느린 걸음으로 걸어가고 있는 두 명의 아가씨가 보였다. 생장의 알베르게 로비에서 만났던 열아홉 살의 민지와 스물세 살의 찬미였다. 민지는 앳된 외모와 순수한 눈빛을 가진 소녀로, 수녀가 되겠다고 말할 때의 반짝이던 눈빛이 아직도 생생했다. 나는 그녀를 '꼬맹이'로 불렀다. 찬미는 그녀 특유의 '다요'로 끝나는 존댓말 말투 때문에 나는 그녀를 '다요 양'으로 불렀다. 그녀들은 우비를 입고 서로 팔짱을 끼고 천천히 걷고 있었다. 우리의 인사에 뒤를 돌아보는 그녀들의 얼굴에는 반가움과 위기의식이 교차했다. 그녀들은 새벽 3시에 출발했음에도 우리 일행에게 추월당하는 것이 불안해 보였다. 한국에서의 치열한 경쟁에서 벗어나 인생의 새 길을 모색하고자 이 순례길에 나섰을 텐데, 하룻밤을 지낼 침대를 얻기 위해 새벽부터 길을 나서며 경쟁해야 하는 현실이 아이러니처럼 느껴졌을 것 같다. 그럼에도 포기하지 않고 새벽 어둠 속을 묵묵히 각자의 속도로 걸어가는 그녀들의 모습은 대견하면서도 뭉클했다. 우리는 그렇게 각자의 방식으로 생존의 순례길을 걷고 있었다.

마지막 구간은 예상과 달리 까다로운 내리막길이었다. 날카롭게 깨진 바위가 연속적으로 이어져 발바닥에 통증이 점점 쌓여 갔다. 다리에 힘을 주고, 한 발 한 발 신중하게 내디디며 내리막을 조심스럽게 걷다 보니 어느새 수비리에 도착했다. 그러나 공립 알베르게의 위치를 아는 사람은 아무도 없었다. 몇 번을 물어물어 찾아간 알베르게는 굳게 닫혀 있었다. 문을 두드리자 안에서 직원이 나왔다.

"맞아요, 여기가 공립 알베르게인데, 아직 개장 전이라 기다려야 해요."

우리가 첫 번째 도착한 순례자들이었다. 나는 맨 앞에 배낭을 내려놓았다. 새벽 5시에 출발해 얻어 낸 선착순 1등의 자리였다. 웃어야 할지 울어야 할지 모를 기묘한 감정이 밀려왔다. 그렇게 랜턴에 의지해 걷느라 지나쳐 온 풍경은 모두 어둠으로 남았고, 우리는 침대를 얻었다.

일찍 도착한 덕분에 알베르게 입장 시간까지는 여유로운 시간을 즐길 수 있었다. 마을로 들어올 때 건넜던 강에서 아름다운 다리를 감상하며 차가운 강물에 발을 담그고 피로를 풀기도 했고, 빠에야와 커피로 허기진 배도 채울 수 있었다. 다시 돌아온 알베르게 입구에는 배낭 줄이 길게 이어져 있었다. 새벽 3시에 출발한 다요 양과 꼬맹이도 보였다. 중간에 우리에게 추월당했지만 무사히 도착해 순서를 기다리고 있었다. 다행히 침대를

얻을 수 있는 안정권이었고, 뿌듯해하는 모습을 보니 나도 마음이 놓였다. 침대를 못 구해 다음 도시인 팜플로나(Pamplona)로 가는 택시를 기다리는 이들도 있었다. 이처럼 침대를 향한 쟁탈전 속에서 희비가 엇갈리고 있었다.

왜 프랑스길이지?

수비리의 공립 알베르게에는 부엌이 있어 요리를 해 먹을 수 있었다. 안면이 있는 한국인들과 점심때 봐 둔 정육점에서 삼겹살을 사 구워 먹기로 했지만, 오후에 가 보니 상점 문이 닫혀 있었다. 두 번째 순례길에 나선 아가씨는 스페인에서는 점심시간이 길다며 우리를 안심시켰고, 우리는 그 말을 철석같이 믿고 기다렸지만, 문은 다시 열리지 않았다. 알고 보니 오늘은 토요일이라 상점이 오전까지만 운영된 것이었다. 삼겹살에 대한 기대가 실망으로 바뀌었고, 우리는 급히 저녁 식사를 해결할 곳을 찾아 흩어졌다. 나는 아기곰 부부와 근처의 한 바를 선택했다. 자리가 부족해 리스본에서 온 두 청년 그리고 영국 청년과 합석했다. 가벼운 담소를 나누며 식사를 하던 중, 나는 불쑥 질문을 던졌다. 사실, 정확한 대답을 기대한 것은 아니었다.

"산티아고 순례길 중 프랑스 길이 왜 프랑스 길인지 모르겠어요. 프랑스는 하루 만에 벗어나는데 말이에요."

그러자 리스본 청년이 거침없이 대답했다.

"중세 시대부터 유럽 각지에서 온 순례자들이 이 길을 통해 산티아고로 모여들었고, 프랑스는 순례 경로의 출발지나 중간 지점으로 중요한 역할을 했대요. 그래서 이 길을 프랑스 길이라고 부르게 된 거죠. 특히 11세기경 교황이 순례를 장려했다고 해요."

내가 기억하지 못해 적지는 못했지만, 예상외로 구체적인 연도까지 언급한 설명에 나는 감탄하며 물었다.

"어떻게 그렇게 정확한 연도까지 잘 기억하세요?"

그는 웃으며 어깨를 으쓱했다.

"그건 쉬워요, 아무렇게나 말해도 되죠. 누가 연도를 신경 쓰나요?"

모두들 폭소를 터뜨렸고, 이어지는 교황이 했다는 말에 더 크게 웃음을 터뜨렸다.

"그리고 교황께서도 말씀하셨죠. '순례길에서 만난 친구들과의 술자리는 신의 축복이다.'"

교황이 그런 말을 했는지는 모르겠지만, 우리는 그 자리에서 큰 소리로 웃으며 건배를 했다. 새벽부터 침대를 차지하려 긴장 속에 걸었던 생존의 순례길은 우연히 만난 사람들과 함께한 유쾌한 저녁으로 마무리되었다.

DAY 3

세 개의 열쇠와 세 병의 와인

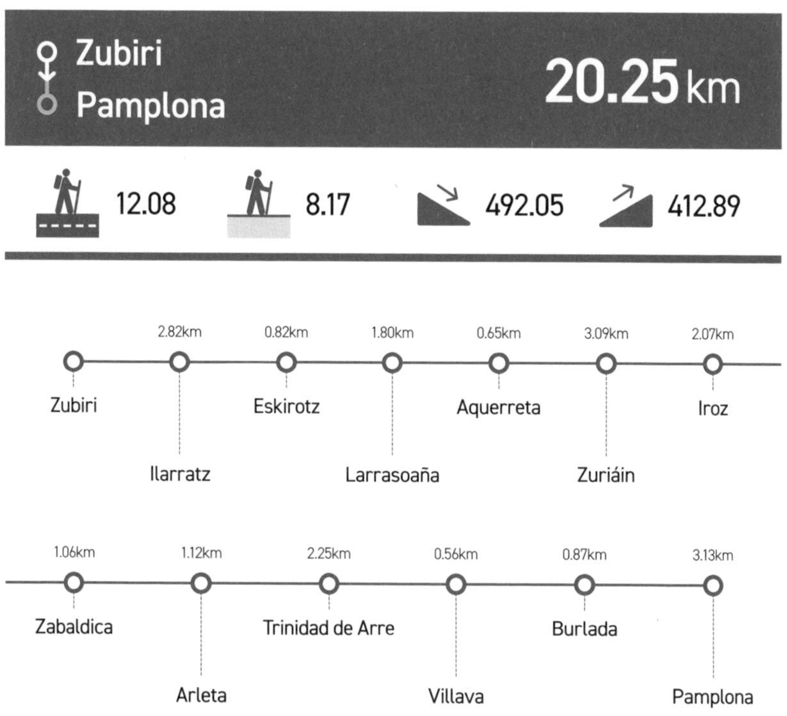

오늘은 팜플로나(Pamplona)까지 20km를 걸어야 한다. 새벽 5시에 일어나, 어둠 속에서 주섬주섬 짐을 챙기고 식당 문을 조용히 열었다. 예상과는 달리 식당은 출발 준비를 하는 순례자들로 붐볐다. 짐이라 해 봐야 배낭 하나뿐인데, 풀어 놓은 물건을 다시 넣는 일이 녹록지 않았다.

누군가의 역사 속으로

"사진 한 장 같이 찍어도 될까요?"

짐 정리를 마칠 즈음, 옆에서 준비 중이던 아저씨가 다가와 물었다.

뜻밖의 요청에, 나는 잠시 망설였지만 이내 고개를 끄덕였다. 어제 알베르게 입장을 기다리며 잠깐 대화를 나눈 호주에서 온 아저씨였다.

"물론이죠. 그런데 왜 저랑 같이 찍고 싶으세요?" 내가 물었다.

"이 길에서 만난 사람들을 기록하고 싶어서요." 아저씨가 미소를 지으며 말했다.

우리는 카메라 앞에 서서 미소를 지었다. 사진 한 장을 찍었을 뿐인데 누군가의 역사 속으로 들어가는 기분이었다.

"부엔 까미노!" 아저씨가 말했다.

"부엔 까미노!" 나도 웃으며 답했다.

이 아저씨는 내가 산티아고 순례길

에서 처음으로 함께 사진을 찍은 외국인이었다. 지금 돌이켜 보면, 그가 이 사진을 보며 어떤 기억을 떠올릴지 궁금하다. 순례길에서의 만남을 기록하는 것 또한 순례길의 중요한 순간을 붙잡는 방식이었다. 이후, 나도 다양한 국적의 사람들을 만나면 이름을 기록하고 사진으로 남기려고 노력했다.

무계획이 준 뜻밖의 선물: 세상에서 가장 긴 레스토랑

넓은 초원에서 산길로, 다시 아스팔트 도로로 이어지는 순례길은 끝이 없는 듯 보였다. 길가에 십자가와 작은 돌을 넣는 상자가 보였을 때, 나는 기독교인이 아니지만 작은 돌 하나를 넣으며 이 길을 무사히 마칠 수 있기를 기원해 보기도 했다. 끝없이 이어진 아스팔트 도로 위에서는 '과연 이 길을 다 걸을 수 있을까?' 하는 걱정이 밀려왔지만, 그보다 더 크게 다가온 것은 이국적인 풍경을 눈에 담으며 걷는 순간의 즐거움이었다. 고요하고 신비로운 순간들 사이로 피어오르던 아침 안개, 바람에 흔들리는 들판의 풀들, 그리고 그 안에서 걸어가는 나 자신. 길은 힘들었지만, 그 길 위에 펼쳐진 세상은 내게 계속 걸어갈 이유를 주었다.

함께 걷던 아기곰 부부와 나는 길가에 판초 우의를 깔고 앉았다. 이른 시간 탓에 바는 닫혀 있었고, 도로를 지나가는 자동차도, 길가를 걸어가는 순례자도 없었다. 새벽의 순례길은 오롯이 우리만의 것이었다. 아스팔트 도로는 끝없이 이어졌으며, 양옆에는 푸른 초원이 펼쳐져 있었다. 저 멀리, 구름이 살짝 낀 하늘이 어스름한 새벽 공기를 감싸고 있었다. 길은 한없이 열려 있었고 마치 나를 기다리는 듯했다. 우리가 앉은 그곳은 신비로운 곳으로 이끌어 줄 듯한, 세상에서 가장 넓고 긴 레스토랑이 되었다. 비록 차가운 샌드위치와 콜라였지만, 그 어떤 날보다 내 기억에 또렷이 남아 있는 인상적인 아침이었다. 멋진 풍경뿐만 아니라 순례길에서 느꼈던 무계획적인 자유로움 때문이었다. 얼마나 더 걸어야 다음 마을이 나오는지, 몇 개의 마을을 지나야 목적지에 도착하는지 등의 정보 없이 무작정 걸었기에 얻을 수 있던 뜻밖의 선물이었다. 수백 년 전 순례자들이 길 위에 몸을 맡기고 느꼈을 자유로움이라는 선물 말이다.

순례길의 까미노 천사들

팜플로나가 6km 남았다는 이정표가 보였다. 어느덧 14km를 걸어왔다. 너무나 당연하지만, 한 걸음씩 걷다 보니 점점 목적지가 가까워졌다. 내 인생에서도 목적지를 확실히 정하고 걷다 보면 언젠가는 도착할 수 있을 텐데, 그곳이 어디인지는 아직 잘 모르겠다. 이 순례길이 끝날 무렵에는 어렴풋하게나마 그 목적지를 알 수 있기를 바랄 뿐이다.

팜플로나에 접어들었다. 팜플로나는 스페인 북부 나바라 지방의 중심 도시로, 특히 매년 7월에 열리는 산 페르민 축제로 유명하다. 수천 명의 사람들이 모여 황소몰이 행사를 즐긴다고 한다. 순례자들이 길을 잃지 않도록, 신호등에도 산티아고 순례길을 알리는 조개 표시와 화살표가 있었다. 숙소는 팜플로나를 관통해 도시의 끝자락에 있었다. 생장에서 숙소를 구하지 못해 패닉 상태에 빠졌을 때, 순례자 사무실 앞 계단에서 급하게 예약한 숙소였다. 숙소를 예약하지 않았더라면 아기곰 부부와 시내 중심가에 있는 공립 알베르게로 갔을 텐데, 미리 예약한 덕분에 3km를 더 걸어야 했다.

출발한 지 6시간 만인 11시. 숙소 근처에 도착했지만, 정확한 입구를 찾을 수 없어 건물 주위를 30분 동안 헤맸다. 결국, 지나가는 현지인에게 도움을 청해 겨우 입구를 찾았다. 하지만 문이 잠겨 있었다. 다시 한번 지나가는 사람에게 전화 통화를 부탁해 문 여는 시간을 알아냈다. 2시 반이었다. 급한 일을 해결하니 또 다른 급한 문제가 생겼다. 생리 현상을 해결해야 했다. 주유소가 눈에 들어왔다. 한국처럼 화장실이 있을 거라 확신하고 주유소에서 화장실을 찾아보았지만 도무지 보이지 않았다. 인내심이 한계에 다다를 즈음, 나이 지긋한 할아버지가 다가와 도움의 손길을 내밀었다. 할아버지의 손짓을 따라 들어간 곳은 주유소 옆 편의점 안, 혼자서는 절대 찾을 수 없었을 매장 구석의 화장실이었다. 순례길에서는 도움을 요청하는 사람마다 자기 일처럼 나서서 도와준다. 이런 도움을 주는 사람들을 '까미노 천사'라고 한다. 길을 잃고 엉뚱한 방향으로 걷고 있으면 멀리서도 뛰어와 길을 알려 줄 정도로, 스페인 현지인들은 순례자들에게 큰 애정을 가지고 있었다. 나 또한 여러 명의 '까미노 천사' 덕분에 무사히 숙소에 도착할 수 있었다.

세 개의 열쇠와 세 병의 와인

체크인을 마치자, 주인장이 열쇠 꾸러미를 내밀었다. 열쇠가 세 개나 있었다. 건물 열쇠, 3층 열쇠, 그리고 방 열쇠. 마치 신비의 세계로 들어가는 듯, 세 개의 문을 차례대로 열고 들어가니 더블 침대가 놓인, 순례자에게는 과분한 공간이 나타났다. 이 방은 마치 비밀스러운 안식처처럼 느껴졌다. 세 개의 열쇠는 이후에도 럭셔리한 숙소의 상징으로 두고두고 회자되었다.

아기곰 부부와 만나기로 한 팜플로나 대성당 근처의 공립 알베르게는 3km 떨어져 있었다. 대도시라 버스를 탈 수도 있었지만, 반칙을 하는 기분이 들어 걸어가기로 했다. 팜플로나 대성당 근처 좁은 골목길에 접어드니, 구글맵의 화살표를 따라가기가 쉽지 않았다. 그때, 아침에 사진을 함께 찍었던 호주 아저씨를 만났다. 반갑게 인사하고 공립 알베르게 위치를 물었다.

"Go straight, then left, right, right, left!"

대답한 그도 어이가 없는 듯 웃고 있었다. 나도 그 웃음에 덩달아 골목길에서 한참을 함께 웃었다.

팜플로나는 와인과 타파스로 유명했지만, 내가 아직 하몽을 먹어 보지 못했다고 하자 아기곰 부부는 흔쾌히 하몽을 먹기로 동의했다. 우리는 무작정 돼지 뒷다리가 걸려 있는 바에 들어가 하몽 한 접시와 와인 한 병을 시켰다. 마침 첫날 저녁을 함께한 70대 노신사도 합류했다. 그는 "나를 토니라고 불러 줘, 친구처럼."이라며 활짝 웃었다. 노인 대접을 받기 싫어하는 그 모습이 인상적이었다. 토니는 나이가 믿기지 않을 만큼 활기차고,

유머와 여유가 넘쳤다. 나도 토니처럼 나이 들고 싶을 정도로 그의 대화에는 열린 사고와 인생 경험이 묻어났다. 하몽 한 접시를 비워 갈 즈음, 나는 슬쩍 카운터로 가서 와인과 하몽, 그리고 정체불명의 가지 요리를 더 시켰다. 대화를 나누다 보니 우리는 어느덧 와인 세 병을 비웠다.

숙소로 돌아온 후, 나는 미니 폼롤러 위에 종아리를 올렸다. 와인 세 병을 비우고 3km를 걸어, 세 개의 열쇠로 3층 방에 돌아온 후였다. 찌릿하지만 시원한 통증이 느껴졌다. 무게를 줄여야 한다며 모두가 말렸지만, 내가 가져온 폼롤러였다. 이렇게, 나의 순례길 3일 차는 폼롤러 위에서 마무리되었다.

DAY 4

용서의 언덕에서 맛본 라면과 조각 난 노트북

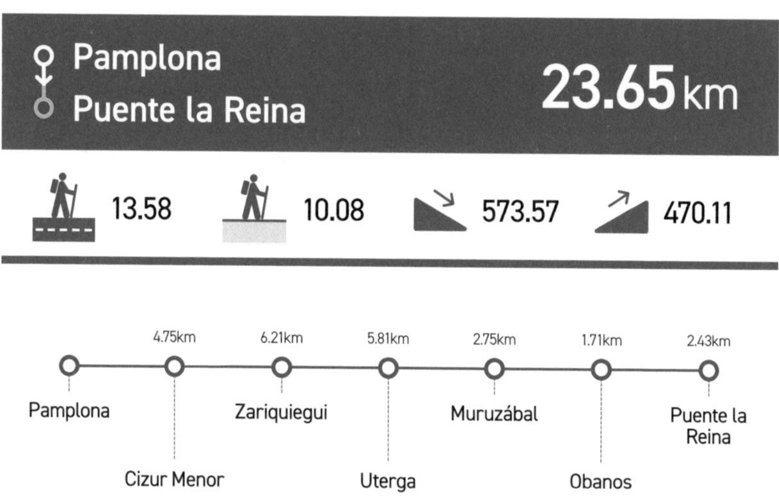

오늘은 푸엔테 라 레이나(Puente la Reina)까지 23km, 처음으로 혼자 출발하는 날이다. 숙소가 팜플로나 끝자락에 있어서 걷는 양이 적을 거라 기대했지만, 출발 후 길을 잃고 한참을 헤맨 끝에야 길을 찾을 수 있었다. 시작부터 심상치가 않았다. 오늘은 혼자만의 시간을 가져 보기로 마음먹고 이어폰을 귀에 꽂았다. 순례길에서 이어폰을 끼고 있다는 것은 혼자 걷고 싶다는 표시다. 아는 사람들을 만나도 인사만 간단히 하고 지나쳤다. 아기곰 부부도 오늘은 인사만 하고 지나쳐 갔다. 나에게 클래식 음악의 맛을 처음 알게 해 준 차이코프스키의 〈바이올린 협주곡 1번〉이 새벽길을 함께하는 곡이었다.

용서의 언덕에서 맛본 라면과 자갈길

도시를 벗어나니, 끝없이 이어지는 밀밭과 노란 유채꽃밭 사이로 길은 이어졌다. 셔터를 연신 눌러 보았지만, 아름다운 풍경을 사진에 담기에는 역부족이었다. 마침내 다다른 오르막길, 앞에 보이는 언덕은 '용서의 언덕(Alto del Perdón)'이었다. 언덕 정상에는 유명한 순례자 조형물이 있다. 1996년에 세워진 이 철제 조형물은 순례자들의 다양한 모습을 묘사하고 있으며, 이곳에서 모든 것을 용서하라는 의미를 담고 있다고 한다. 용서의 언덕은 오르기 힘들었지만, 정상에 오르자 근사한 풍경이 보상처럼 다가왔다. 나와 혼자 순례길에 나선 한국 고등학생 '민기', 이렇게 두 명만이 넓은 용서의 언덕을 차지하고 있었다.

"아저씨, 이거 좀 열어 줄 수 있어요?"

보온병에 뜨거운 물을 준비해 와서 봉지 라면을 끓이고 있던 민기가 나에게 다가와 부탁했다. 나는 언덕 위에서 커피와 함께 담배 한 대를 피우기 위해 언덕 아래에서 산 커피를 아껴 마시며 남겨 왔는데, 라면이라니. 민기의 아이디어에 감탄하고 있던 차에 받은 갑작스러운 부탁이었다. 수저통이 안 열리는 모양이었다. 부탁하는 민기의 눈빛에서 초조함이 느껴졌다. 야심 차게 준비한 라면이 익어 가며 냄새를 풍기고 있는데 수저통이 안 열리다니. 원기 왕성한 고등학생이 오죽했으면 중년의 아저씨인 나에게 부탁을 했겠는가.

"열어 볼게. 잠깐만."

역시 뚜껑이 꿈쩍하지 않았다. 힘보다 요령! 몇 대 세게 치니 딸깍하고 열렸다. 민기의 얼굴에 안도의 미소가 번졌다.

"정말 감사합니다. 이거 못 열면 오늘 아침 못 먹을 뻔했어요."

그는 감사의 눈빛으로 나를 보며 말했다.

"그럼 안 되지! 뚜껑을 깨서라도 라면은 먹어야지. 고등학생이라던데, 어떻게 혼자 순례길에 올 결심을 했어?"

"학교 추천으로 왔어요. 대안학교를 2년 만에 졸업했어요. 순례를 마치고 1년 후 대학을 준비하려고요."

"대단하다. 내가 그 나이 때는 상상도 못 했던 경험을 하는구나. 몸 건강히 잘 마치자."

나는 조금 남은 커피를 급히 마셔 비운 잔에 라면 국물을 얻었다. 라면 국물을 마시며 피우는 담배 한 대! 오랜만에 맛보는 라면 국물이 목을 타고 넘어가면서 몸속 깊이 퍼져 나가는 따뜻함을 느꼈다. 이 뜨거운 국물 한 모금이 순례길의 고단함을 위로해 주는 작은 축복처럼 느껴졌다.

'내가 용서해야 할 것은 무엇일까?'

담배 연기를 내뿜으며 곰곰이 생각해 보았지만, 머릿속에는 내가 용서받아야 할 것들만 가득했다. 내가 용서할 수 있는 것은 나 자신밖에 없었다.

'나라도 나를 용서해 보자.'

나는 배낭을 메고 혼잣말을 하며 다시 길을 나섰다.

용서의 언덕에서 내려가는 길은 가파르고 넓은 자갈길이었다. 넓은 자갈길 안에 자갈이 없는 길이 꾸불꾸불 이어져 있었다. 자갈이 적은 길을 본능적으로 찾아 지그재그로 걷고 있는 나를 문득 발견했다. 지금까지 살아오면서 조금이라도 덜 힘들고 덜 고통스러운 길을 찾으려 무던히 애를 써 온 내 모습이 떠올랐다. 그렇게 애쓰지 않아도 이 길처럼 결국 같은 목적지에 도착할 텐데 말이다. 내가 지금 힘든 이유도 어쩌면 나의 아픔을 정면으로 마주할 용기를 내지 못하고, 다른 핑계 뒤에 숨으며 쉬운 길을 택해 왔기 때문이 아닐까? 나는 눈앞의 쉬운 길을 택하는 데 나의 노력을 소진하지 않고, 멀리 있는 가야 할 곳을 바라보며 묵묵히 발걸음을 내딛는 나를 상상해 보았다. 나에게 용서의 언덕은 라면 국물을 마시며 피운 담배와 구불구불 굽은 내리막 자갈길로 기억될 것 같다.

산산조각 난 노트북: 무엇을 쥐고, 무엇을 놓아야 할까?

"이 노트북이 고장 나서 버리려는데 도와줄 수 있겠어요?"

알베르게 식당 테이블에서 잠시 쉬고 있을 때, 점심을 같이 먹었던 어르신이 다가와 노트북을 가리키며 말을 건넸다.

"아들이 개인정보 유출이 걱정돼서 메모리 카드랑 하드 드라이브만 빼

두라고 하더라고요."

도와주지 않을 이유가 없었다. 나는 먼저 알베르게 주인장에게 드라이버를 빌려 달라고 부탁했다. 하지만 안타깝게도 맞는 도구가 없었다. 그러자 어르신이 갑자기 뜻밖의 제안을 하셨다.

"그냥 부숴 버리면 안 될까요? 순례길을 기록하려는 욕심에 가져왔는데, 너무 무거워서 하루라도 빨리 처리하고 싶어요."

우리는 뒷마당으로 나가 노트북을 손에 들고 마치 역도 선수가 바벨을 내던지듯 바닥에 던졌다. 주위에 있던 사람들은 깜짝 놀라 어리둥절한 눈빛으로 우리를 바라봤지만, 나는 개의치 않고 노트북을 발로 밟아 산산조각 냈다.

"아이고, 정말 고마워요. 덕분에 이제 마음이 놓이네요. 그리고 이렇게 무거운 걸 더는 들고 다니지 않아도 되니 한결 가벼워졌어요."

흩어진 잔해 속에서 하드 드라이브와 메모리를 찾아내자 어르신이 환하게 웃으며 숙제를 끝낸 아이처럼 좋아했다. 노트북을 부숴 주고도 고맙다는 말을 들을 줄은 몰랐다.

힘겨운 순례길에서는 무엇을 쥐고 있고 또 무엇을 놓아야 하는지 자주 고민하게 된다고 한다. 피레네산맥을 넘은 날 건장한 청년은 배낭의 무게를 줄이기 위해 물건을 정리했고, 오늘은 어르신이 무거운 노트북을 내려놓았다.

'철의 십자가'에서는 고국에서 가져온 돌멩이를 내려놓으며 자신의 마음의 짐을 덜어 낸다고 하는데, 어르신이 오늘 내려놓은 것은 노트북이 아니라 마음속에 담아 두었던 욕심이었는지도 모른다. 어쩌면 인생에서 가장 중요한 것은 우리가 무엇을 이뤘는가가 아니라 무엇을 기꺼이 내려놓았는가일지도 모를 일이다.

우연한 대화, 길어진 인연

노트북을 해체한 후 식당으로 돌아오니 로리가 테이블에 앉아 있었다. 처음 만난 날부터 강한 인상을 남겼던 아가씨였다. 나는 자연스럽게 그녀 앞에 앉아 대화를 시작했다.

"이름이 로리였죠?"

"네, 그런데 저는 이름을 잘 기억하지 못해요. 죄송해요. 그래도 성은 기억해요. '리' 맞죠?"

"예, 저는 재현이에요. 발음이 어려우면 그냥 제이(Jay)라고 불러요. 피레네산맥을 넘을 때 처음 봤는데, 기억하시나요? 그때 산 쪽으로 두리번거리며 올라가셨죠? 무슨 일 있었어요?"

"생리 현상 해결하러 갔어요." 로리가 활짝 웃으며 대답했다.

"저도 대학 시절 농촌 봉사활동 갔을 때 산에서 응가한 적이 있어요. 장갑이랑 나뭇잎으로 처리했죠." 나도 웃으며 맞장구쳤다.

"정말요? 재밌네요. 한국에서 오셨죠? 이곳에 한국 분들이 정말 많더라고요. 저는 한국 영화감독 박찬욱을 정말 좋아해요. 〈올드보이〉는 명작이죠."

로리의 뜻밖의 대답에 나도 흥미가 생겼다.

"박찬욱 감독을 좋아한다고요?"

"네, 캐나다에서도 박찬욱 감독의 영화가 인기가 많아요. 최근에 〈헤어질 결심〉도 봤어요. 정말 좋았어요."

"저도 박찬욱 감독 좋아해요. 그런데 〈헤어질 결심〉은 좀 밋밋했어요. 이전 영화들만큼 강렬하진 않더라고요. 영화 쪽 일을 하세요?"

"네, 영화 관련 일을 했는데 너무 힘들어서 앞으로 어떻게 해야 할지 고민 중이에요."

로리는 조심스럽게 대답했다.

"영화 스텝 일은 힘들어서 극한 직업이라고도 한다는데, 고생 많으셨겠어요. 다음에 기회 되면 점심이라도 같이 먹어요." 나는 자연스럽게 다음 만남을 제안했다.

"좋아요."

로리와 처음으로 길게 나눈 대화였다. 가볍게 주고받은 말들이었지만, 나는 이 인연이 생각보다 오래갈 것 같다는 묘한 예감이 들었다. 시간이 지나면서 그 예감은 현실이 되었고, 우리는 까미노 여정 내내 서로에게 가장 가까운 '까미노 친구'가 되었다.

3등으로 도착했는데 자리가 없다고?

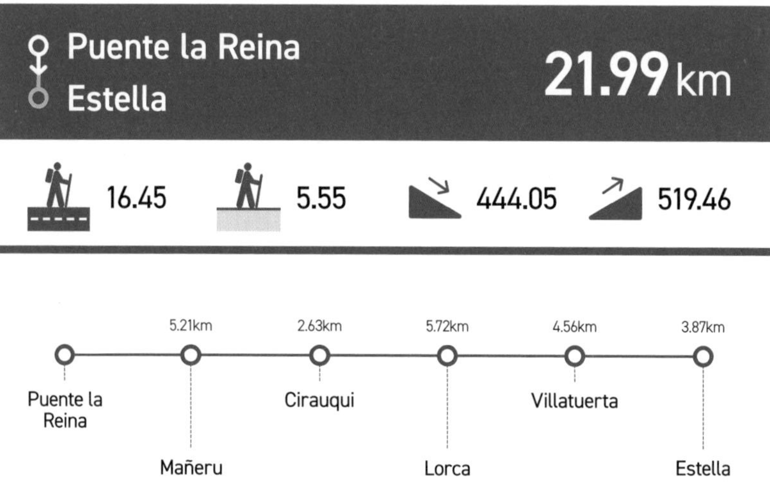

오늘은 에스테야(Estella)까지 22km를 걷는 날이다. 아침 6시, 오늘도 어김없이 아기곰 부부와 함께 순례길에 올랐다. 예약이 없었기 때문에 공립 알베르게에 자리를 잡아야 했다.

새벽의 특별한 선물

출발과 동시에 알베르게 바로 앞에서 영업을 준비 중인 바를 발견했다. 이른 아침에 열려 있을 거라고는 전혀 기대하지 않았던 터라 마음속에서 저절로 "Thanks God!"이라는 외침이 나왔다. 보통 바는 8시나 9시쯤에야 문을 열기 때문에 어느 마을에서 아침을 먹을지는 그날의 중요한 결정 중 하나이다. 오늘은 6시에 문을 연 바를 만났으니 마치 복권에 당첨된 기분이었다. 잠시 후, 바 안으로 갓 구운 빵의 고소한 향이 가득 퍼졌다. 아기곰 부부와 함께 따뜻한 커피와 빵을 앞에 두고 있자니 세상이 우리를 위해 특별히 이 순간을 준비해 준 것만 같았다. 갓 구운 크루아상을 한 입 베어 물고 커피를 한 모금 마실 때마다, 부드럽고 풍부한 버터의 맛이 입안 가득 번지며 따뜻한 기운이 온몸을 감쌌다. 그 순간만큼은 우리는 세상에서 가장 행복한 순례자였다. 이때만 해도 이후에 다가올 일은 꿈에도 모르고 그저 마냥 행복하기만 했다.

해 뜰 무렵 뒤를 돌아보니 마치 선물처럼 아름다운 풍경이 펼쳐졌다. 포도나무가 4층까지 자라 있는 건물도 보였다. 이곳 사람들은 4층 베란다에서도 손을 뻗어 포도를 따 먹을 수 있을 것이다. 포도나무가 자라는 것을 바라보며 느낄 기쁨을 떠올리니 자연스레 이곳 사람들이 부러워졌다. 아름다운 포도밭과 풍경에 매료되어 자꾸만 발길을 멈추고 사진을 찍게 됐다. 해가 떠오르면서 내 그림자도 길어졌고, 끝없이 이어질 것만 같은 언덕길도 보였다. 스페인에서 처음 본 수로 다리도 인상적이었다. 그렇게 사진을 찍으며 걷다 보니 어느새 에스테야까지 6.3km 남았다는 표지판이 눈에 들어왔다.

순례길의 약국

처음으로 약국을 발견했다. 지금 당장 필요한 것은 없었지만 순례길에서 약국을 만나니 그냥 지나칠 수 없었다. 호기심에 문을 열고 들어서니 예상대로 순례길에서 필요한 여러 가지 약품들이 구비되어 있었다. 무엇보다 다양한 종류의 콤피드가 인상적이었다. 콤피드는 발에 생긴 물집에 붙이는 패드로 발뒤꿈치, 발가락, 발바닥 등 다양한 부위에 맞춘 여러 사이즈와 모양이 있었다. 이 길을 시작한 지 이제 겨우 5일 남짓이지만 순례자들의 발에는 이미 콤피드가 필수품이 되어 있었다. 물집 없이 이 길을 걷고 있는 발이 몇이나 될까 싶을 정도로 이미 물집은 순례길의 '동반자'처럼 자연스러운 일이었다. 콤피드는 어느새 순례자들의 생존 도구가 되었다. 나에게는 아직 물집이 생기지 않았지만 콤피드 두 종류를 구입했다. 군인이 전투에 앞서 군수물자를 구비하듯 이 작은 물건들이 내 마음을 든든하게 해 줬다.

3등인데 자리가 없다고?

"No hay camas!"

열린 문 너머로 알베르게 주인장이 스페인어로 외쳤다. 우리는 순간 멈칫했다. 말의 의미는 몰랐지만 그의 단호하고 급박한 목소리를 통해 뭔가 좋지 않은 소식이라는 것을 예상할 수 있었다.

"침대가 없다는 뜻이에요."

주위에 있던 순례자 한 명이 다가와 작은 목소리로 알려 주었다.

3등으로 도착해 자리를 확보했다고 믿었던 우리는 그 말에 온몸이 얼어붙는 것 같았다. 이른 새벽부터 고단한 발걸음으로 묵묵히 걸어와 겨우 도착한 이곳에서, '침대가 없다'는 소리에 눈앞이 깜깜해졌다. 마음속에서 터져 나오는 절망을 간신히 눌러 담으며 서로 눈치를 살폈다. 피곤에 찌든 우리에게 이 짧은 문장은 너무나 잔인한 현실을 불쑥 내밀었다.

'자리가 없다니! 여기는 공립 알베르게잖아! 게다가 내 순서는 세 번째인데….'

공립 알베르게가 예약으로 가득 찼다는 건 예상치 못한 일이었다.

'어디서부터 잘못된 걸까?'

머리를 스치며 지나간 것은 어제 다른 순례자들이 어플로 이 공립 알베르게를 예약하던 모습이었다. 왠지 예약 없이 순례길을 걷고 싶다는 마음에 예약하지 않았었는데, P형 순례자의 선택이 이토록 가혹하게 돌아올 줄은 몰랐다. 나와 아기곰 부부는 당황한 나머지 그 자리에서 발만 동동 굴렀다. 오늘 밤을 지낼 곳을 구하려면 뭐라도 해야 했다. 황급히 booking.com을 검색하니 다행히 근처에 비싼 2베드룸 아파트가 남아 있었다. 가격은 95유로. 10유로가 조금 넘는 알베르게에 비하면 비싼 가격이었지만 셋이 나누면 그나마 감당할 만한 수준이었다.

그렇게 급히 예약을 마치고 마음을 다잡으며 숙소로 발걸음을 옮기려는 순간, 로리가 허겁지겁 알베르게에 도착했다. 우리는 그녀에게 자리가 없다는 소식을 전했다. 그런데 조금 전 단호하게 자리가 없다고 하던 주인장이 놀랍게도 로리를 들여보내 주는 것이 아닌가!

그 광경을 보자 어이가 없고 화가 치밀었다. 도대체 왜 그녀에게는 자리를 주는 걸까? 주인에게 항의해 봤지만 그는 영어를 알아듣지 못했다. 그 순간, 미안해하며 어쩔 줄 몰라 하던 로리의 얼굴이 보였다. 이 상황이 그녀의 잘못은 아니었다. 항의를 계속해서 우리가 자리를 차지하게 되면, 로리 또한 갈 곳을 찾아야 할 것이다. 우리는 결국 양보하기로 마음을 고쳐먹고 로리에게 괜찮다고 웃어 보이며 예약한 숙소로 발길을 돌렸다. 지금 생각해 봐도 이해되지 않는 상황이었다. 나중에 사람들은 인종차별이라는 말도 했지만 내가 이해하지 못하는 피치 못할 상황이 있으리라 짐작해 볼 뿐이다.

숙소는 언덕 아래 지나온 마을에 있었다. 어떻게 올라온 언덕인데…. 무거운 등산화를 손에 들고 다시 내려가는 길이 멀게만 느껴졌다. 우리는 당도 충전하고 내일 먹을 양식도 준비할 겸 큰 마트에 들러 아이스크림, 맥주, 과일 등을 샀다. 기분 전환이라도 할 요량으로 마트 앞 공터에서 아이스크림을 먹으며 휴식을 취하고 있는데, 마트 직원이 헐레벌떡 뛰어나왔다. 그는 손에 든 신발을 흔들고 있었다. 내 신발이었다. 계산대 아래에 신발을 두고 왔다며, 다가오는 직원의 얼굴에는 안도와 자부심이 묻어 있는 웃음이 가득했다.

“정말 손이 많이 가는 타입이라니까!”

아기곰 부부는 웃으며 놀렸다.

그 순간, 처져 있던 몸과 마음이 잠시나마 유쾌함으로 바뀌었다. 잃어버린 신발을 찾은 기쁨과 까미노 천사 덕분에 다시 한번 인생의 소소한 재미를 느꼈다.

숙소에 도착하니 무인 체크인 시스템이 우릴 맞이했다. 예약 번호는 인식되지 않고, 여권 스캔도 제대로 되지 않아 몇 차례 전화로 문의한 끝에 겨우 방 문을 열 수 있었다. 그 문 너머에는 깨끗한 침대 두 개와 넓은 화장실, 그리고 창밖으로 펼쳐지는 멋진 전망이 우리를 기다리고 있었다.

"비싼 방이 좋기는 좋구나!"

조금 전까지의 당혹스러움과 걱정은 모두 사라졌고, 창밖의 멋진 전망과 안락한 분위기는 예상치 못한 사건들을 잊게 해 주었다.

뜻밖의 순간들이 연속으로 찾아온 날이었다. 새벽, 따뜻한 커피와 갓 구운 크루아상이 주는 위로는 한동안 우리를 행복하게 만들었지만, 도착한 알베르게에서 '자리가 없다'는 말은 우리의 모든 계획을 산산이 부숴 버렸다. 결국 비싸지만 고급스러운 숙소에 머무르게 된 것 또한 하나의 우연이었다. 몸을 침대에 누였을 때 느껴졌던 그 편안함은 마치 예상치 못한 선물을 받은 듯했다. 모든 순간이 예상에서 벗어난 하루였지만, 그 덕분에 오히려 더 특별한 기억으로 남는 하루가 되었다.

뒤돌아보는 순례자와 까미노 친구들

(Amigo del camino de santiago)

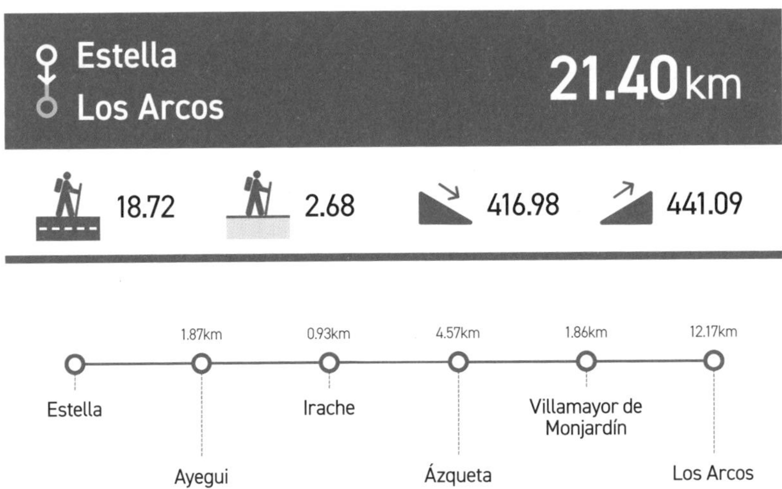

어제는 뜻밖에 럭셔리한 숙소의 푹신한 침대에서 자서 그런지 정말 푹 잘 잤다. 오늘의 목적지는 로스 아크로스(Los Arcos), 약 21km 거리. 그곳의 공립 알베르게는 규모가 작아서 자리를 잡으려면 서둘러야 했기 때문에 새벽 5시에 출발했다. 일출은 역시 기대를 저버리지 않았다. 하늘이 밝아 오는 순간들을 사진으로 남기며 시작된 순례길은 대체로 평온했다.

끝없이 펼쳐진 평원과 아스팔트 도로, 산길을 번갈아 걸었다. 한 걸음씩 내딛다 보면 그 길은 어느새 내 뒤에 있었다.

뒤돌아보는 순례자

긴 턱수염에 멋있는 모자를 쓴 순례자. 그의 인상적인 모습에 이끌려 대화를 시도했다.

"부엔 까미노." 내가 먼저 인사를 건넸다.

"부엔 까미노." 그가 환하게 웃으며 대답했다.

"어디서 오셨어요?"

"호주에서 왔어요. 아내와 같이 왔는데, 아내는 발이 아파서 버스를 타고 먼저 갔어요. 이러니 둘 다 행복합니다." 그가 웃으며 말했다. 그 말이 무슨 뜻인지 금방 알 수 있었다.

"호주에도 트레킹 코스가 많을 텐데, 왜 굳이 스페인까지 오셨어요?"

"호주에는 알베르게 같은 숙소가 없어요. 텐트랑 취사도구까지 챙겨야 하니까 20kg 넘는 배낭을 메고 걸어야 하죠. 여기는 모든 게 다 준비되어 있으니 참 좋습니다."

"왜 자꾸 뒤를 돌아보세요?" 연신 뒤를 돌아보며 대답하는 그에게 내가 물었다.

"한번 돌아보세요! 이미 걸어온 길이 더 멋있을 때가 많아요."

그가 웃으며 말했다. 나도 그의 말을 따라 뒤를 돌아보았다. 정말 지나온 길이 멋지게 펼쳐져 있었다. 앞에 있는 길은 아직 걸어야 할 책임감으로 무겁게 느껴졌지만, 뒤로 보이는 길은 내 발자국이 고스란히 남겨진 자랑스러운 길이었다. 마치 인생처럼, 앞을 향해 달려가느라 놓쳐 버린 풍경을 이제야 보게 된 것 같았다.

나의 인생도 순례길과 닮아 있었다. 늘 내 앞에 펼쳐진 길만 보며 극복해야 할 대상으로 보고 도전 의식을 느끼기도 하고 좌절하기도 했다. 멈춰서서 지나온 길을 돌아보며 살았더라면 걸어온 길 속에 담긴 추억과 그때의 감정, 그 풍경들이 삶을 더욱 풍요롭게 해 줬을 텐데.

돌아본 순례길이 멋있듯, 내가 걸어온 인생길도 봐 줄 만할까? 분명 아름답지만은 않았다. 갈림길에서 고민했던 순간도 있었고, 지우고 싶은 순간도 있었다. 결코 완벽하지 않았지만, 그 모든 순간이 모여 지금의 나를 만든 것이니, 그 자체로 충분히 의미 있는 길이었다.

이 순례길이 끝나 갈 때 즈음에는 내가 걸어온 길, 앞으로 걸어갈 길을 오롯이 품을 수 있었으면 좋겠다. 이름도 기억하지 못하는 호주 순례자와의 짧은 대화는 나에게 깊은 울림을 주었다.

순례길의 물

오늘은 물을 구할 수 있는 곳이 두 군데나 있었다. 순례길을 준비할 때 유럽의 물은 석회질이 많아 주의해야 한다는 정보를 여러 경로를 통해 접했다. 하지만 나는 신발을 구입한 상점에서 사은품으로 받은 등산용 알루미늄 물병에 알베르게 수돗물이나 길가 식수대의 물을 채워 마셨다. 지금까지는 아무 문제 없이 잘 지내고 있다. 식수대에서 물을 마실 때는 가급적 흐르는 물을 선택했다. 또한, 물병은 매일 세척했다. 물에 민감한 사람이라면 생수를 구입해 마시거나 필터가 달린 물병을 사용하길 권한다.

치유의 점심

로스 아크로스에 도착했다. 이곳은 작은 시골 마을이었다. 배낭을 줄 세워 두고 점심을 먹기 위해 마을 광장에 있는 바를 찾았다. 순례길 첫날부터 함께 걸어온 천안에서 오신 두 분과 점심을 먹었다. 감자와 계란으로 만든 빠따따 또르띠야, 그리고 포도주에 여러 가지를 섞어 만든 샹그리아를 처음 맛봤다. 샹그리아는 피처 단위로 판매되어 여러 명이 함께 마시기 좋았다. 순례길에서 만나는 새로운 음식과 음료는 작은 즐거움을 선사했다.

"성모마리아상을 보면서 눈물을 흘리셨다고 들었어요. 무슨 일이 있으셨나요?"

나는 어르신에게 조심스럽게 물었다.

"사실, 아내가 수영하다가 뇌졸중으로 갑자기 세상을 떠났어요. 그 이후로 많이 힘들었죠."

어르신이 조용히 대답했다.

"내가 너무 힘들어하니까, 후배가 은퇴하자마자 산티아고 순례길을 걷자고 제안해서 함께 오게 되었어요."

담담히 이야기를 이어 가던 어르신의 눈가가 촉촉히 젖었다.

상상하기 힘든 아픔을 짊어지고 순례길에 오른 그는 어깨 위 짐을 하나 둘 내려놓듯 속마음을 꺼내 놓았다. 어르신의 이야기가 끝나자 우리는 잠시 침묵에 잠겼다.

"어제 알베르게에 입장하지 못하고 돌아서는 것을 보고 마음이 너무 아팠어요."

어색한 분위기를 바꾸려는 듯 어르신이 말을 꺼냈다. 어르신의 따뜻한 마음과 걱정이 온전히 느껴졌다.

"저희는 덕분에 좋은 숙소에서 잘 지냈습니다. 걱정해 주셔서 감사합니다."

이렇게 우리는 서로를 걱정하며 유대감을 쌓았고, 순례길의 치유와 위로의 힘을 느꼈다.

까미노 친구들

알베르게 문이 열리자 한 사람씩 입장하기 시작했다. 현관 위에는 'Amigo del camino de Santiago'라는 라는 문구가 적혀 있었다. 번역기를 돌려 보니 '산티아고 순례길의 친구'라는 뜻이었다.

샤워와 빨래를 마치고 침대를 정리한 뒤 마당을 어슬렁거리다 보니, 로리와 덴마크에서 온 켄, 그리고 미국에서 온 킴이 카드놀이를 하고 있었다. 나는 눈인사를 하며 슬며시 옆에 앉았다.

"어제 어디에서 묵으셨어요? 제 탓인 것 같아서 많이 걱정했어요."

테이블 위의 카드를 보고 있자니, 로리가 미안해하며 먼저 말을 걸었다.

"이렇게 좋은 숙소에서 편히 지냈으니 걱정하지 마세요."

어제 로리가 알베르게에서 한국인들에게 내가 어떻게 되었는지 여러 번 물었다는 이야기를 들었기에, 내가 묵었던 숙소 사진을 보여 주며 그녀를 안심시켰다. 그제야 안도의 미소를 짓는 로리의 발가락에는 콤피드가 잔뜩 붙어 있었다. 그런 발을 가지고도 씩씩하게 순례를 계속하는 그녀를 보니 대견하기도 하고 응원해 주고 싶은 마음이 들었다.

"카드 게임 할 줄 아세요?" 이번엔 켄이 말을 걸었다.

"무슨 게임을 하고 있나요?" 내가 웃으며 물었다.

켄이 게임 규칙을 설명하기 시작하면서 그들과의 인연이 시작되었다. 우리 네 명은 마치 오랜 친구처럼 게임을 하며 웃고 떠들었다. 켄은 1년 치 휴가를 한꺼번에 사용해 이곳에 왔으며, 그의 말 한마디 한마디에는 재치가 넘쳤다. 그는 내가 아기곰 부부와 웃고 떠들며 걷는 모습을 여러 번 봤다며, 에너지가 넘쳐 보여 좋았다고 말했다. 로리는 지금까지 보지 못했던 발랄함을 한껏 드러냈다. 카드를 준비해 온 킴은 생장 소방서에서 하룻밤을 같이 보낸 동지였다. 그녀는 킴이 성이 아니라 이름이라며 웃었고, 위스콘신 출신으로 대학 때 순천향대학교에서 교환학생으로 한 학기 동안 한국을 경험했다고 했다.

게임이 끝난 후, 우리는 서로의 이야기를 나누며 더 가까워졌다.

오늘 만난 이 친구들은 약속하지 않았음에도 계속 같은 마을에 묵거나 중간에 만나며, 결국 산티아고 순례가 끝날 때까지 인연이 이어지는 소위 까미노 친구(Amigo del camino de Santiago)가 되었다. '산티아고 순례길의 친구'라는 문구 아래서 그들을 만난 것은, 이 여정에서 특별한 인연이 시작될 것임을 암시하는 듯했다.

DAY 7

순례길? 저는 혼자 걸어요

오늘은 로그로뇨(Logroño)까지 약 28km를 걸어야 한다. 로그로뇨는 팜플로나에 이어 순례길에서 만나는 두 번째 큰 도시다. 이곳의 라우렐 거리(Calle del Laurel)는 타파스로 유명하며, 60년 전통을 자랑하는 후베라 바(Bar Jubera)를 포함해 많은 타파스 바가 모여 있다. 산타 마리아 라 레돈다 대성당, 에브로 강변의 공원, 그리고 순례자들에게 중요한 산티아고 순례자 교회는 꼭 방문해야 할 명소들이다.

많은 순례자가 로그로뇨에서 하루를 더 머물며 휴식을 취한다. 나는 다른 이유로 이곳에서 하루 더 머물기로 했다. 로그로뇨가 빌바오의 구겐하임 미술관을 방문하기에 가장 적당한 도시였기 때문이다. 구겐하임 미술관은 순례길과는 별개로 인생에서 꼭 한 번쯤 가 보고 싶은 곳이었다. 미술관이 있는 빌바오는 로그로뇨에서 버스로 2시간 거리의 도시로, 순례길 중 '북쪽 길'에 속해 있다. 내 계획을 들은 아기곰 부부도 구겐하임 미술관 방문에 함께하기로 했다. 우리는 첫날은 2베드룸을, 둘째 날은 알베르게를 예약했다.

여유로운 아침 사랑방

지는 달과 떠오르는 해를 동시에 보며 2시간쯤 부지런히 걸은 후 자리 잡은 작은 호텔 1층의 바. 기대하지 않았던 멋진 광경이 눈앞에 펼쳐졌다.

초원 위에 자리 잡은 작은 언덕과 그 위에 줄지어 선 나무들이 마치 세상을 둘러싼 파수꾼처럼 보였다. 이 풍경을 바라보며 카페 콘 레체와 빠따따를 즐기는 아침은 뜻밖의 선물이었다. 오랜만에 느긋하게 아침의 여유를 만끽하던 중, 우리는 또 다른 선물을 만났다. 팜플로나에서 하몽을 함께 먹었던 토니였다.

"이 호텔이 조선호텔보다 좋아요. 그래서 샤워도 두 번 했어요!"

알베르게에 자리가 없어서 이 호텔에서 묵었다며 토니가 우스갯소리를 했다.

"그런데 오늘도 로그로뇨에 있는 알베르게를 예약하지 못했어요. 공립 알베르게에 빨리 가 봐야 해요."

토니의 말투에서 조급함이 묻어났다.

"혹시 자리를 못 구하시면 저희가 예약한 숙소에서 같이 묵으시면 되니까 너무 걱정하지 마세요."

옆에 앉아 있던 아기곰 부부가 서둘러 떠나려는 토니를 안심시켰다.

"고마워요. 자리를 못 구하면 연락할게요. 그럼 부엔 까미노!"

먼저 토니를 떠나보내고 숙소를 예약한 자의 여유를 만끽하며 늑장을 부렸다. 건너편 테이블에는 어제 만났던 '뒤돌아보는 순례자'인 호주 순례자가 아내와 함께 아침을 먹고 있었다. 가벼운 눈인사를 건네니, 큰 소리로 오늘은 아내가 많이 좋아져서 함께 걷기로 했다고 묻지도 않은 안부를 전했다. 바 입구에서는 어제 카드놀이 할 때 옆에서 지켜만 보던 미국에서 온 테일러가 무릎에 거창한 보호대를 차고 앉을 자리를 찾고 있었다.

"그렇게 무릎 보호대를 하고 있는 걸 보니 사이보그 같네요."

나는 눈이 마주친 테일러에게 가벼운 농담을 건넸다.

"어제부터 무릎 통증이 심해졌어요. 나도 내가 사이보그였으면 좋겠어요."

그녀는 한숨을 쉬며 푸념을 늘어놓았지만, 입가에는 가벼운 웃음이 번졌다.

순례길에서 만난 사람들은 이미 친한 동네 친구들 같았다. 걷기 시작한지 일주일 만에 나타난 변화였다. 어린 시절, 대문 밖으로 한 발자국만 나가면 온통 아는 사람에, 귀에 익은 목소리뿐이었는데, 꼭 그때로 돌아간 것 같았다. 우리는 한동네에 산다는 이유만으로 '우리'라는 공동체가 되었고, 다른 동네 이웃과는 또 다른 울타리 속에서 서로를 위하며 살았다. 순례길을 걷는 사람들은 모두 보이지 않는 동질감을 느끼는 것 같았다. 그래서 이 길 위의 사람들은 모두 잠재적인 친구들이었다.

홀로 걷는 순례자

"한국에서 그렇게 많이 걷고도 산티아고 순례길까지 오신 것을 보면, 뭔가 특별한 이유가 있을 것 같은데 여쭤봐도 될까요?" 내가 조심스럽게 물었다.

그는 제주 올레길을 여섯 번이나 걸었고, 대한민국의 모든 해안선을 도

보로 섭렵한 경험이 있는 순례자였다.

“특별한 이유는 없고, 걷는 것 자체를 좋아해요. 혼자 걸으면서 무아지경에 빠져 아무 생각 없이 걷는 게 너무 좋아요. 그렇게 걷고 나면 마음이 넓어져요. 걷는 동안 뇌의 구조가 바뀌는 것 같아요.”

그는 이미 걷기의 효용을 온몸으로 느끼는 걷기 홍보대사였다.

“저도 복잡한 생각을 정리하려고 산티아고 순례길을 결심했는데, 열심히 집중해서 걷다 보니 오히려 생각이 없어지면서 마음이 편해지는 것 같아요.” 나도 그를 따라 걷기 예찬을 해 보았다.

“맞아요, 그게 진짜 힐링이죠. 하지만 여러 명이 같이 걸으면 집중하기가 힘들어요. 그래서 나는 걷는 동안은 혼자인 것이 좋아요.” 그는 고개를 끄덕이며 미소 지었다.

“그럼 제가 지금 방해하고 있는 건가요?”

“아니에요. 사람이 어떻게 밥만 먹고 살겠어요. 반찬도 먹고, 술도 마시면서 사는 거죠.”

“그럼 저는 반찬 대신 술로 할게요.”

우리의 대화는 이렇게 가벼운 농담으로 마무리되었지만, 두고두고 떠오르는 대화였다. 순례길을 걷는다는 것은 걷기 명상과 비슷할 것이라 기대했지만, 내게는 때로 매일 숙제를 하는 것처럼 느껴지기도 했다. 순례길에 점점 익숙해지는 만큼, 걷기에 더 집중해 무아지경에 빠져 보는 경험을 하고 싶었다. 이 길이 끝나기 전에 말이다.

한국어를 차별하는 사이트?

아파트에 무사히 도착한 후, 우리는 샤워, 빨래, 그리고 식료품 구입까지 일사천리로 마쳤다. 하지만 내일 구겐하임 미술관을 가기로 마음먹은 것 외에는 준비된 것이 아무것도 없었다. 급히 검색해 보니, 미술관과 빌바오행 버스 모두 미리 예약해야 했다. 미술관 예약은 순조로웠으나 빌바오행 버스는 매진이었다. 구겐하임 미술관은 게으른 순례자에게 결코 호락호락하지 않았다.

그때부터 우리는 빌바오까지 가는 차편을 구하려고 휴대폰을 붙잡고 몇 시간을 보냈다. 처음에는 스페인 카풀 앱을 찾아 카풀 신청을 완료했다. 시간이 지체되어 타파스 바를 포기하고, 아시안 마켓에서 구입한 라면, 김치, 밥으로 저녁을 해결하며 확정을 기다렸다. 잠시 후 울린 휴대폰 알람 소리. 신청한 모든 카풀이 거절됐다. 큰일이었다. 다시 시작된 폭풍 검색.

"버스 예약 사이트에서 언어를 한국어가 아니라 스페인어로 선택하면 자리가 있을 수도 있대요!"

영미 씨가 보물을 찾은 듯 소리쳤다. 요즘 세상에 이런 일이 있다니! 실제로 스페인어를 선택하니 버스표가 남아 있었다. 몇 시간 동안 마음고생한 것이 어처구니없었지만, 결국 준비를 마쳤다는 안도감에 와인을 마시며 놀란 가슴을 진정시키고 하루를 마무리했다.

구겐하임 미술관을 방문하려는 분들은 미리 예약하시고, 혹시 버스표가 없으면 한국어 대신 스페인어로 접속해 보시라!

DAY 8

빌바오 구겐하임 미술관

○ Bilbao

오늘은 빌바오(Bilbao)의 구겐하임 미술관(Guggenheim Museum)을 방문하는 날이다. 어제 미리 검색해 둔 버스 터미널을 향해 출발했다. 거리 청소를 하시는 분께 인사를 건네자 반갑게 받아 주며 어디로 가는지 물어보았다. 빌바오 구겐하임 미술관에 가기 위해 버스 터미널로 간다고 대답하자, 터미널은 반대 방향이라고 알려 주는 것이 아닌가!

나중에 알고 보니, 우리가 검색한 곳은 버스 터미널이 아니라 버스 회사의 건물이었다. 그야말로 까미노 천사 덕분에 큰 낭패를 면할 수 있었다. 버스 회사 건물로 갔다가 버스를 놓쳤을 것을 상상하니, 지금도 등골이 오싹하다.

거꾸로 걷는 순례자

버스 터미널에 도착하니, 아는 얼굴들이 여럿 보였다. 무릎이 아파 나헤라까지 버스로 이동하려는 테일러도 눈에 띄었다. 어제 그녀를 사이보그 같다고 놀렸던 일이 미안해졌다. 피레네산맥을 넘을 때 함께했던 한국 아주머니 삼총사와 내 나이를 30대 같다고 칭찬해 주신 한국인 부부도 보였다. 어딜 가나 한국분들이 많아 반갑게 인사를 나눴다.

터미널 바닥에 조용히 앉아 있던 네덜란드 아가씨와도 잠시 대화를 나눴다. 그녀도 빌바오로 간다고 했다. 생장에서 출발해 로그로뇨까지 걸은 후, 북쪽 길의 일부인 빌바오로 버스를 타고 이동해 북쪽 길을 거꾸로 순례할 예정이라고 했다. 노란 화살표를 찾아 자꾸 뒤돌아봐야 할 것 같다며, 수줍게 웃었다. 그녀는 '거꾸로 걷는 순례자', 그리고 '뒤돌아보는 순례자'였다.

유럽 사람들은 각자의 상황에 맞춰 다양한 방식으로 순례길을 경험한다. 구간을 나누어 여러 해에 걸쳐 완주하는 유럽인들은 많이 봤지만, 이렇게 자신만의 루트로 원형 순례를 하는 사람은 처음이라 신선하면서도 부러웠다. 반대 방향으로 걸으며 경험하는 순례길은 어떤 이야기를 들려줄지 궁금해졌다.

구겐하임 미술관

1997년에 개관한 이 미술관은 '프랭크 게리'라는 건축가가 설계했다. 티타늄 외관과 유기적인 곡선이 특징인 이 건축물은 그 자체로 하나의 예술 작품으로 여겨진다. 개관 이후 빌바오의 경제와 문화에 커다란 변화를 가져오며, 방문객들이 빌바오 자체를 방문하는 것이 아니라 구겐하임 미술관을 방문하기 위해 빌바오를 찾는다는 말도 있을 정도로 도시 재생의 상징이 되었다.

프랭크 게리가 설계한 건물은 한국에도 있다. 바로 서울 청담동에 있는 '루이비통 메종 서울'이다. 한국 전통 건축인 한옥을 현대적으로 재해석한 디자인이라고 한다. 그는 한국을 방문했을 때 종묘를 둘러보고 다음과 같은 평을 남긴 것으로 유명하다.

"종묘는 민주적이며 우주의 질서를 연상케 한다. 파르테논과 같은 수준의 인상적인 공간으로 단순하고 강력한 디자인이 감정을 배제한 미니멀리즘과는 다르다."

프랭크 게리가 설계한 구겐하임 미술관을 만나러 가는 길, 버스에서 내리기 전부터 내 마음은 이미 설렘으로 가득 차 있었다. 드디어 보이는 구겐하임 미술관. 건물이 보이는 순간부터 가까이 다가갈 때까지, 나의 눈은 밝게 빛나는 그 모습에 고정됐다. 마치 거대한 조각 작품 같아서 시선을 뗄 수 없었다. 방향에 따라 다른 모습을 보여 주니 각도를 바꿔 가며 계속 사진을 찍었다. 우리는 미술관 주위를 한참 동안 돌며, 그 독특한 매력을 감상했다.

미술관 앞마당에 있는 미술관의 상징이 된 꽃으로 만든 거대한 강아지 조각 '퍼피(Puppy)'가 우리를 맞이했다. 압도적으로 커다란 크기였지만 내 눈에는 귀여운 곰처럼 보였다. 뒷마당에는 루이스

부르주아(Louise Bourgeois)의 거대한 거미 조각 '마망(Maman)'도 미술관의 독특한 외관과 어우러져 기억에 남았다.

"콜라를 가지고는 입장할 수 없습니다!"

내 가방을 확인한 보안 직원은 단호하지만 부드러운 말투로 자상하게 설명해 주었다. 미술관에 들어가는 과정에서 검색대 알람이 울렸다. 가방 속 콜라 캔 때문이었다. 보안 직원들은 마치 보물이라도 되는 양 내 콜라를 조심스럽게 물품 보관소로 옮기더니, 내 이름이 적힌 포스트잇을 정성스럽게 붙였다. 이름표 달린 콜라를 맡기고 나서야 겨우 미술관에 입장할 수 있었다. 구겐하임 미술관, 어제부터 참 호락호락하지 않네!

미술관 내부에는 유명한 그림도 많이 있었지만, 인상에 남았던 것은 '매터 오브 타임(The Matter of Time)'이라는 리처드 세라의 설치 작품이었다. 이 작품은 거대한 강철 패널로 구성된 8개의 미로 같은 구조물로, 이 거대한 조형물 사이를 걸으며 다양한 각도에서 공간을 경험할 수 있었다. 그중 하나의 작품에서 마음의 울림을 느꼈다. 타원형의 미로 속을 걷다 보면, 갑자기 막다른 길처럼 느껴지다가도 가까이 가면 옆으로 길이 이어져 있었다. 마치 "하늘이 무너져도 솟아날 구멍이 있듯이, 막다른 길처럼 보여도 길은 이어진다."고 내게 속삭이는 듯했다. 더 이상 임원으로 승진할 기회가 없다는 것을 알았을 때 느꼈던 막막한 감정에 대한 위로 같았다. "뭔가 길이 있겠지. 걱정하지 마!" 아주 간단하고 명쾌한 대답이었다. 다른 작품들도 말로 설명하기 힘든 묘한 감정을 불러일으켰다. 구겐하임 미술관을 방문하는 분들은 꼭 이 경험을 해 보시길 추천드린다.

돌아오는 길, 미술 작품 대신 설명판 앞에 앉아 바닥에 무언가를 열심히 적고 있는 아이들이 눈에 띄었다. 작품보다는 해설판에 더 많은 관심을 두고 있었던 것 같았다. 한국이나 스페인이나, 시대를 막론하고 미술관 견학과 숙제는 결국 '해설판 읽기'에 가까운 일이구나 싶어 자연스레 웃음이 나왔다. 그런 소소한 순간들이 이어지며 오늘의 순례길도 유쾌하게 마무리되었다.

산티아고로 가는 길,
도미니카 공화국을 경유할 뻔하다!

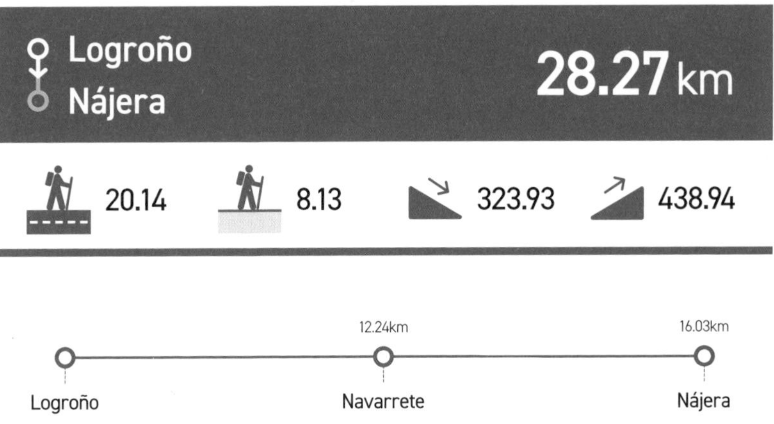

오늘의 목적지는 나헤라(Najera). 28km의 거리로, 평소보다 조금 먼 거리다. 아기곰 부부는 발이 아파 걷는 속도가 느리다며 미리 한참 전에 출발했다.

첫 화살표

평소처럼 준비를 마치고 길을 나섰지만, 어디로 가야 할지 막막했다. 순례길의 지표인 화살표가 보이지 않았기 때문이었다. 로그로뇨 같은 대도시에서는 길이 워낙 여러 갈래로 나뉘어 있어 모든 길에 순례자를 위한 화살표가 설치되어 있지는 않았다. 나는 서쪽으로 추정되는 방향으로 무작정 걸었다. 갈림길이 나올 때마다 한쪽을 선택해야 했고, 선택 후에는 이 길이 맞는지 의심하며 걸었다. 잘못된 길로 접어들었다 싶으면 되돌아가기도 했다. 마치 어두운 방에서 더듬거리며 스위치를 찾는 것처럼 한참을 헤맨 뒤에야 바닥에서 화살표를 발견했다. 그제야 불안한 마음이 가라앉고, 내 걸음에 집중할 수 있었다.

첫 화살표만 찾으면 그다음은 쉽다. 돌이켜 보면 지금까지는 따라야 할 삶의 화살표가 늘 명확했다. 대학을 가야 했고, 직장을 얻은 후에는 결혼을 해야 했다. 운전할 때는 내비게이션의 화살표를 따라갔고, 회사에서는 업무 목표라는 화살표를 좇으며 몇십 년을 보냈다. 나를 산티아고로 이끈 막막한 불안은 어쩌면 이제 따라가야 할 화살표를 잃어버렸기 때문일지도 몰랐다. 잠깐 동안 화살표를 찾아 거리를 헤맬 때 느꼈던 감정과 크게 다르지 않았다.

지금 내게 필요한 것은 삶을 새롭게 시작할 때 필요한 첫 번째 화살표가 아닐까? 산티아고 순례가 끝날 즈음에는 그 첫 화살표를 찾

을 수 있기를 바라며, 로그로뇨에서 만난 첫 화살표를 사진으로 남겼다. 이후 나는 매일 아침 마주하는 첫 화살표를 사진으로 남기는 습관이 생겼다.

사람들 사이를 걷는 순례자

마리오를 만난 것은 로그로뇨 시내를 벗어날 때 즈음이었다. 나는 아무 생각 없이 화살표를 따라 걷고 있었고, 그는 제자리에 서서 휴대폰과 주위를 번갈아 보며 어디로 갈지 고민하는 것 같았다.

"부엔 까미노! 저쪽에 화살표가 있어요."

혹시 조금 전의 나처럼 화살표를 찾아 두리번거리는 것 같아 화살표를 가리키며 말을 걸었다.

"아! 네. 저도 화살표를 봤는데, 앱에서 알려 주는 방향하고 달라서 어디로 갈지 고민하고 있었어요."

우리의 대화는 이렇게 시작되었다. 앱은 최단 거리를 알려 줬고, 화살표는 큰 도로를 피해 공원이나 경치 좋은 길로 안내하고 있었다. 우리는 큰 도로 대신 화살표를 따라가기로 했고, 함께 걸으며 많은 이야기를 나눴다.

그는 슬로베니아 출신으로, 이번이 세 번째 순례길이라고 했다. 이름은 마리오였는데, 게임 덕분에 누구나 한 번 들으면 기억하는 이름이라며 웃었다. 공무원으로 일하며 산티아고 순례를 위해 1년 치 휴가를 한 번에 사용했다고 했다. 여러모로 나와 비슷한 면이 많았다. 어제는 알베르게에 자리가 없어서 바닥에 매트리스를 깔고 잤다며, 숙소 때문에 고민하고 서둘러 걸어가는 것이 싫다고 불평했다. 소방서 바닥의 매트리스에서 순례길 첫날을 시작한 나로서는 그의 말에 공감됐다. 숙소를 확보하기 위해 경쟁적으로 빨리 걸어야 하는 상황은 마리오나 나 같은 건장한 순례자들에게는 불평거리였지만, 걸음이 느린 사람들에게는 생존의 문제였다. 수비리에 자리를 얻기 위해 새벽 3시 반에 출발하는 아가씨들도 있었으며, 걷기를 포기하고 아침 일찍 버스를 타고 알베르게 문 앞에 도착해 문 열기를 기다리는 노인들도 있었다.

"이번이 세 번째라고 하셨는데, 어떤 이유로 이렇게 여러 번 오시는지 궁금해요."

"이 길은 정말 특별한 것 같아요. 매번 새로운 사람들을 만나기 때문에, 같은 길이라도 완전히 새로운 여행이 되죠. 그 과정에서 나 자신도 변화하고 성장하는 걸 느낍니다." 그의 말에서 진심이 느껴졌다.

"여기서는 사람들이 모두 마음을 열고 대화를 나눠요. 슬로베니아에서 공무원으로 일하며 많은 사람을 만났지만, 여기서의 만남은 달라요. 순례길에서는 모두가 같은 목적지를 향해 걸으며, 인생의 중요한 여정을 함께 하고 있다는 공감대가 있기 때문인지 사람들 사이의 벽이 낮아지는 것 같아요."

"그래서 이 여행은 길을 걷는 것이 아니라, 사람들 사이를 걷는 것 같아요."

마리오가 잠시 생각에 잠겼다가 말했다. 그의 말은 내 가슴에 화살처럼 박혔다.

인생은 어쩌면 '사람들 사이를 걷는 탐험'일지도 모른다. 마리오의 한마디에 이 순례길이 나에게는 무엇인가 생각하게 되었다. 지금까지의 순례길은 '생존'이고 '탐색'이었다. 이 길의 끝자락에 다다를 때 나에게 이 순례길은 무엇으로 정의될까?

도미니카 공화국의 숙소를 예약하다!

"어제 산토 도밍고(Santo Domingo de la Calzada)에 예약한 숙소에 문제가 생겼어요."

아기곰 부부가 심각한 얼굴로 나를 보며 옆자리에 급히 앉히더니 하소연을 시작했다.

"왜 그래요? 예약이 취소됐어요?"

"아니요. 우리가 예약한 숙소 위치가 도미니카 공화국이에요!"

잠시 어이없음과 웃음이 교차했다. 전혀 예상치 못한 대답이었다.

"그럼 빨리 비행기표를 예약해야지 뭐 하고 있어요? 이틀밖에 안 남았는데."

나도 모르게 농담을 내뱉었다.

"그럼 공항까지 가는 버스도 예약해야 하는데요?"

성규는 웃으며 내 농담에 농담으로 받아쳤다.

이야기는 이렇게 시작됐다. 에스테야의 공립 알베르게에 세 번째로 도착했음에도 자리를 못 구한 경험 후, 나와 아기곰 부부는 앞으로 2~3일 정도는 미리 예약하기로 마음먹었다. 산토 도밍고는 내일의 목적지였고, 성규가 예약한 곳이었다.

순례길에서 숙소를 예약하는 방법은 몇 가지가 있다. 첫 번째는 생장의 순례자 사무실에서 받은 알베르게 리스트의 연락처로 이메일을 보내 예약 가능 여부를 확인하는 방법이다. 전화로도 가능했지만, 영어 소통이 어려울 때가 많아서 아주 급할 때만 전화를 이용했다. 두 번째 방법은 각종 숙소 예약 앱을 이용하는 것으로, 우리는 주로 가장 손쉬운 방법인 'booking.com'을 사용했다. 먼저 머무를 마을을 선택하고 그 마을 내의 숙소를 검색해서 예약하는 방식이다. 아마도 산토 도밍고라는 마을이 도미니카 공화국에도 있었던 모양이다. 마을 이름만 보고 나라를 확인하지 않아 생긴 해프닝이었다.

먼저 이미 지불한 비용의 환불을 요청해야 했고, 내일 묵을 곳을 찾아야 했다. 산토 도밍고에는 빈 숙소가 없었다. 우리는 다음 마을인 그라뇬에 숙소를 예약했다. 원래 계획보다 7km 정도 더 걸어야 했지만, 예약이 가능하다는 것만으로도 감사했다.

"비행기표 값은 아껴서 다행이네!"

숙소 예약을 마친 뒤, 나도 모르게 불쑥 튀어나온 한마디였다.

단체 순례자

중년의 한국 아주머니가 뒤에서 속도를 내어 나를 따라붙더니 어느새 나란히 걷기 시작했다. 내 걸음이 빠른 편이라 이런 상황은 드물었다.

"부엔 까미노! 아주 잘 걸으시네요. 저보다 빨리 걷는 분은 처음 봬요. 혼자 오셨어요?" 내가 인사를 건네자 아주머니의 말문이 열렸다.

"아니요, OO라는 여행사를 통해 순례를 하고 있어요."

말로만 듣던, 우리 뒤를 따라온다는 단체 순례자를 마침내 만났다. 단체 순례가 어떤지 궁금해 이것저것 물어봤다. 순례 인원은 20여 명이고, 자체 차량으로 배낭을 옮겨 주며 대도시에서는 호텔에 묵는다고 했다. 길은 각자의 속도로 걷되 매일 같은 사람들과 한 숙소에서 묵으니 좋은 점도 있지만 서로 다투는 일도 생긴다고 했다.

단체 여행은 흔한 방법이지만 단체로 하는 산티아고 순례는 왠지 낯설었다. 하지만 형식이 중요한 것은 아니었다. 외국 여행에 익숙하지 않은 사람들이 인생 버킷리스트 중 하나를 이루기 위한 방법으로 단체 여행은 좋은 선택일 수도 있다.

달빛에 의지하는 순례자

예약한 알베르게는 나헤라 초입에 있었다. 가격 대비 괜찮았지만 태어나서 처음 보는 샤워기가 나를 당황하게 했다. 보통 샤워기는 온수와 냉수를 조절하는 밸브가 있어 적당한 온도의 물을 사용할 수 있다. 그런데 이

곳은 온수 샤워기와 냉수 샤워기가 완전히 분리된 채 덩그러니 설치되어 있었다. 둘을 동시에 누르면 온수가 먼저 끊어져 온수와 냉수를 부지런히 번갈아 누르며 곡예 같은 샤워를 마쳤다.

산책을 하려고 알베르게를 나서니 주인장과 중년의 남자가 도로변 테이블에서 이탈리아어로 이야기를 나누고 있었다. 주인장이 이탈리아에서 이민 온 사람이었다. 나도 이탈리아어를 배우고 싶다고 하자, 그 이유를 물어 왔다. "많은 오페라가 이탈리아어로 되어 있어서요. 오페라를 좀 더 잘 이해하고 싶거든요."라고 답했더니 그는 "저도 오페라 가수가 노래하는 건 잘 못 알아들어요."라고 말하며 웃었다. 우리가 판소리를 들을 때 잘 알아듣지 못하는 것과 비슷한가 보다.

대화는 자연스럽게 요즘 순례길 예약이 얼마나 어려운지로 넘어갔다. 그는 예전보다 복잡해진 순례길이 마음에 들지 않는다며 "나는 노숙해도 상관없어요. 한번은 숙소가 없어 교회에 들어가 휴대폰을 맡기고 돌봐 달라고 했더니, 캠핑장에 데려다주더군요. 처마 밑에서 자는 것도 괜찮아요."라고 했다.

"지금처럼 보름달이 뜬 밤에는 랜턴을 끄고도 달빛만으로 충분히 걸을 수 있습니다. 그래서 나는 헤드랜턴을 사용하지 않아요."라고 말했다. 숙소 예약 문제는 모든 순례자가 겪는 어려움이라 그러려니 했지만, 달빛에 의지해서 걸을 수 있다는 생각은 해 본 적이 없었다. 매일 아침 달을 보며 걷는 나로서는 한 번쯤 시도해 보고 싶었다. 그날 밤, 나는 달빛 아래 걷는 상상을 하며 잠자리에 들었다.

DAY 10

당신이 원하는 것이 있다면 이 길이 줄 거예요!

오늘은 그라뇬(Granon)까지 약 28km를 걸을 예정이다. 보통은 나헤라에서 산토 도밍고까지 걷지만, 산토 도밍고의 숙소를 도미니카 공화국에 예약해 그라뇬까지 7km를 더 걸어야 했다. 준비를 주섬주섬 마치고 6시 20분에 출발했다. 지금까지 중 가장 늦게 출발했지만 예약 덕분에 마음이 여유로웠다.

순간을 만끽하는 순례자

산티아고까지 581km가 남았다는 표지판이 보였다. 벌써 1/3쯤 걸은 셈이었다. 앞을 보니 레깅스나 아웃도어 복장이 아닌 평상복 7부 바지를 입고 걷는 여성이 눈에 들어왔다. 그녀는 옆에 있는 아주머니와 쾌활하게 대화를 나누며 걷고 있었지만, 아주머니는 속도를 맞추기가 힘겨워 보였다. 아주머니는 자연스럽게 뒤처지고, 어느새 내가 그녀와 보조를 맞추며 걷게 되었다.

"부엔 까미노! 기분이 좋아 보이네요. 무슨 좋은 일이라도 있나요?" 내가 가볍게 인사를 건넸다.

"부엔 까미노! 하루 중 지금 이 시간이 제일 좋아요,"라고 대답하는 그녀의 얼굴은 미소가 가득했다.

앞에는 달, 뒤에는 해. 아침 햇살은 은은했으며 생기가 넘치는 시간이었다. 나도 이 시간의 행복을 온몸으로 느끼고 있었기에 더 묻지 않아도 알 수 있었다. 아일랜드에서 온 그녀는 예전에 포르투갈 길을 걸었고, 이번에는 시간이 허락하는 데까지 걷는다고 했다. 순례길을 여러 번 걷는 사람을 만나면 꼭 물어보는 질문을 이번에도 던졌다.

"이 길을 여러 번 걷게 만드는 이유가 뭘까요?"

"바로 지금 같은 순간이 너무 좋아요. 그리고 아일랜드에서 커다랗게 느껴졌던 문제들이 이곳에 오면 너무 작게 느껴져요."

그녀가 내 마음을 대신 말해 주는 것 같았다. 마법 같은 아침 시간의 행복을 느낄 수 있었고, 오늘 밤 잘 수 있는 침대와 목을 축일 물 한 잔의 소중함을 알게 되었다. 걷기에 몰입하고, 사람들과의 대화, 그리고 소소한 인연이 주는 즐거움. 지금 이 순간을 만끽하는 것의 소중함. 나는 다른 사람들의 입을 통해 내가 이 길을 걷는 이유를 깨닫고 있었다.

"저기 커피가 보이네요." 그녀는 첫 마을이 보이자 환하게 웃으며 외쳤다.

나도 미소 지으며 고개를 끄덕였다. 아침의 첫 마을은 나에게도 커피로 보였다.

걷기가 주는 선물

많은 사람들이 걷기를 예찬했다. 프레데릭 그로는 『걷기의 철학』에서 걷기를 사회적 제약과 정체성의 짐에서 벗어나는 수단으로 설명했다. 헨리 데이비드 소로는 그의 에세이 『걷기』에서 자연과 깊이 연결되고 자유와 진실을 경험할 수 있는 방법이라고 했다. 하지만 내가 가장 좋아하는 건 니체의 예찬이다. 니체는 "걷는 동안 사고하고, 사고하며 걷는다."고 말하며, 아이디어가 실내보다 야외에서 걷는 동안 태어날 때 더 진정성이 있다고 주장했다.

나는 걷기에 대해 특별히 깊이 생각해 본 적은 없었다. 명상 수업에서 걷기도 명상의 일환이 될 수 있다고 배운 정도가 전부였다. 하지만 순례길에서는 하루의 일과 자체가 걷기이니, 걷기에 대해 생각하지 않을 수 없었다. 걸으면서 내가 보는 것들, 느끼는 것들, 그리고 어떻게 걷는지에 대해 많은 것들이 떠올랐다.

'내가 걸으면서 제일 많이 보는 풍경은 무엇일까?'

언덕에서 내려다보는 끝없이 펼쳐진 들판이나 멋진 하늘과 구름이 아니었다. 그것은 '한 걸음 앞의 길'이었다. 계속 길을 보며 걷다가 잠시 고개를 들어 풍경을 보는 것이었다. 멀리 있는 풍경만 보고 걸으면 발을 헛디딜 것이고, 바로 앞의 길만 보고 걸으면 멋진 풍경을 보며 힘낼 기회를 놓칠 것이다. 내가 힘들었던 이유는 멋진 풍경만 보다가 발을 헛디뎌서가 아닐까? 다음 발을 어디에 내디딜지 순간순간 최선을 다해 고민하고 결정해 보자고 다짐하며 지금 한 발 앞에 놓인 길을 사진으로 남겼다.

'내가 걸으면서 가장 많이 느끼는 것은 무엇일까?'

당장은 오른쪽 종아리의 통증이었

다. 순례길을 나선 지 열흘이 지났지만, 나도 의아할 정도로 고통이 없었다. 그 흔한 물집도 생기지 않았다. 며칠 동안 발이 아파 고생하는 아기곰 부부에게는 걸을 때 통증이 있으면 잡생각을 못 하고 통증에 집중하게 되어 좋을 수도 있겠다고 건방진 말도 했었다. 한 역사학자의 말이 떠올랐다.

"내 몸에서 가장 중요한 부위가 어딘지 아세요? 지금 아픈 곳입니다."

사회적 약자를 보살펴야 한다는 취지의 말인데 좀 새롭게 다가왔다. 길을 걷고 있는 사람들은 자기 몸에서 가장 중요한 부분이 다 있었다. 발바닥, 발목, 무릎. 각자 현재 가장 중요한 자신의 일부와 대화하며 걷고 있었다. 그러니 나는 그때 가장 통증이 심한 오른쪽 종아리와 대화를 시작할 수밖에 없었다. 처음에는 못 들은 척하고 속도를 유지해 봤지만 점점 목소리가 커져 계속 무시할 수 없었다. 속도를 늦춰 응답해 주니 이내 잠잠해졌다. 첫 번째 대화는 성공이었다. 앞으로 어떻게 전개될지 걱정도 되지만 알 수 없는 기대감도 생겼다. 하지만 이런 대화는 빨리 끝내고 나를 계속 괴롭혀 온 머릿속의 고통과도 대화를 시작하고 싶었다.

'나는 어떻게 걷고 있지?'

걷기에 집중하면 속도가 빨라져 앞사람들을 계속 추월했다. 내가 뒤에서 다가가면 그들도 속도를 올리는 것이 느껴졌다. 그 상태를 잠시 유지하다가 내가 인사하며 추월하면 바로 속도를 늦추면서 자기 페이스로 돌아갔다. 한국에서의 나는 뒤에서 누군가 다가와 나를 추월하려는 것을 느끼고, 뒤처지지 않으려고 페이스를 올리고 있었던 것 같다. 이제는 후배들에게 자리를 내어 줘야 하는 처지를 온전히 받아들이지 못한 채 여전히 속도를 높이고 있었던 것이다.

“너에게는 너만의 걷는 속도가 있으니 그럴 필요 없어!”라고 한국의 나에게 알려 주고 싶었다.

“지금부터는 속도보다 방향이 더 중요해!”

걷기가 내게 준 선물은 결국 ‘나 자신’이었다. 내가 어떻게 살아왔으며, 어떻게 살아가야 하는지 알려 주었다. 니체의 말에 따르자면, 걸으면서 태어난 나의 생각이니 진솔한 나의 내면을 잘 표현한 것이리라.

“걷는 동안 사고하고, 사고하며 걷는다.”

멋있는 말이다. 앞으로 남은 길을 걸으며 어떤 생각을 하게 될지 궁금해하며 언덕을 내려오는데 마리오가 난간에 걸터앉아 풍경을 즐기고 있었다. 옆에는 길에서 만났을 아가씨가 같이 앉아 있었다. 오늘은 체육관에서 자지 말고 꼭 침대에서 자라고 외치며 바로 앞 자갈길에 발을 내디뎠다.

당신이 원하는 것이 있다면 이 길이 줄 거예요!

드디어 그라뇬에 도착했다. 예약한 알베르게는 겉보기에는 흉가처럼 허름한 건물이었다. 걱정하며 들어가 보니 방 안에는 1층 침대 3개만 있었다. 주방 시설도 좋았고, 방마다 도어록도 달려 있었다. 9유로짜리 알베르게치고는 대박이었다. 횡재했다!

일요일 오후의 작은 마을. 모든 상점이 문을 닫았을 것을 알면서도 혹시나 하는 마음으로 알베르게를 나섰다. 매일 전날 미리 준비하던 과일도 필요했지만, 당장은 담배가 더 급했다. 스페인은 흡연에 대해서는 한국보다 관대했지만, 담배를 살 수 있는 곳은 엄격히 제한되어 있었다. 담배 전용 상점과 바에 설치된 자판기만이 담배를 살 수 있는 유일한 장소였다. 지나가는 현지인에게 물어보니 이 마을에는 담배를 살 수 있는 곳이 없다고 했다. 담배를 사려면 5km 이상 걸어가야 했다. 나는 담배 한 대 얻어 피울 요량으로 알베르게가 모여 있는 골목을 기웃거렸다. 마침 골목 저편에서 담배를 피울 것 같은 사람이 다가왔다.

"죄송하지만 담배 파는 곳이 어디인지 아세요?"

담배를 파는 곳은 없다는 것을 알면서도 넌지시 물어봤다.

"이 마을에는 담배 파는 곳이 없어요. 원하시면 제가 드릴까요?"

작전 성공이었다. 그는 말아 피우는 담배를 꺼내 담배 두 개비를 아주 능숙한 솜씨로 말아 줬다. 어느 나라에서 왔냐고 물어보니 바르셀로나에서 왔다고 대답하며 한마디를 덧붙이고 바람같이 사라졌다.

"당신이 원하는 것이 있다면, 이 길이 줄 거예요!
(If you need something, Camino will provide it!)"

담배를 얻어 피우려다 우연히 성경에 나올 법한 말을 들었다. 가만히 생각해 보니 진짜 그랬다. 삐걱거리기는 했지만, 누군가의 도움이 필요할 때마다 까미노 천사가 나타나 도와줬다. 이 문구는 이후 순례길을 마칠 때까지 내 머리를 떠나지 않은 문구 중 하나가 되었다.

알베르게로 돌아가는 길에 저 멀리서 현지인이 포테이토 칩 두 봉지를 들고 다가오는 것이 보였다. 한 봉지는 손에 들고 있었고, 다른 한 봉지는 이미 개봉해 먹고 있었다. 나는 어디에서 구입했는지 물어보고 싶었다. 번역기를 돌려 대화를 시도했지만, 제대로 작동하지 않았다. 그는 내게 스페인어로 말하기 시작했다. 저쪽으로 가면 뭔가 있다는 뜻인 것 같기도 하고, 모든 상점이 다 문을 닫았다는 얘기인 것 같기도 했다. 내가 어리둥절해하자, 그는 미소를 지으며 손에 든 새 포테이토 칩을 내게 건넸다. 순간 당황했지만, 밝게 웃으며 내가 아는 몇 안 되는 스페인어로 대답했다.

"그라시아스!"

그 순간은 정말 믿기지 않는 마법 같은 순간이었다. 필요한 것을 얻을 수 있다는 말을 들은 직후에 영문도 모른 채 과자 한 봉지를 얻었다. 손에 든 담배와 포테이토 칩을 번갈아 쳐다보았다. 순례길에서 만난 작은 기적들이 내 마음을 따뜻하게 했다.

TOTAS
GOURMET
ESTILO Artesanal
PATATAS FRITAS
SABOR
Receta Casera
CHIPS
POTATO CRISPS
HOMEMADE

달빛에 젖은 순례자와 태양을 피하고 싶은 K-장녀

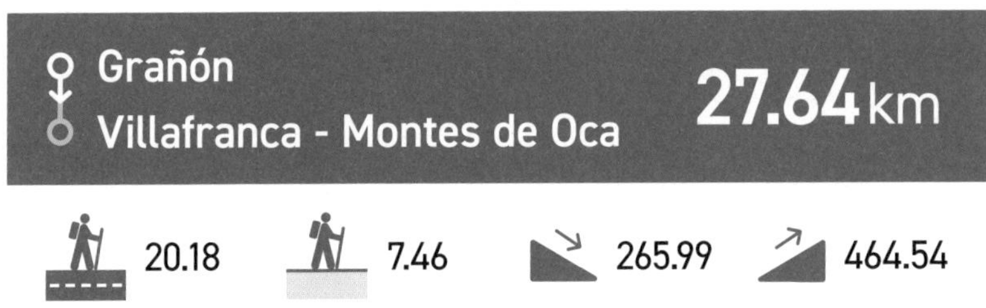

오늘의 목적지는 빌라프랑카 몬테스 데 오카(Villafranca Montes de Oca)다. 9개의 마을을 지나 28km를 걸어야 한다. 로그로뇨에서 이틀 머문 것을 만회하기 위해, 요 며칠 동안 30km 가까이 걷고 있다.

달빛에 젖은 순례자

하늘을 보니, 보름달이 떠 있었다. 달빛에 의지해 걷는다는 이탈리아 순례자의 말이 떠올랐다. '지금 랜턴을 끄면 어떨까?' 먼발치에는 앞 순례자의 랜턴이 흔들리고 있었다. 뒤에는 캄캄한 어둠뿐이었다. 랜턴의 빛은 새벽길의 등대와 같았다. 그러나 그 빛을 끈다는 것은 마치 안전망을 버리는 것과 같았다. 내 손가락이 랜턴 스위치에 닿자, 심장이 두근거렸다. '정말 랜턴을 끄고도 잘 걸을 수 있을까?'라는 두려움이 머릿속을 맴돌았다.

'할 수 있어. 이건 새로운 경험일 뿐이야.'라고 다짐했다.

"딸깍." 스위치 소리와 함께, 나는 블랙홀에 끌려가듯 어둠 속으로 빨려 들어갔다. 심장은 여전히 빠르게 뛰고 있었고, 나는 잠시 그 자리에 멈춰 섰다. 눈이 어둠에 적응한 후 마주한 풍경은 전혀 다른 세상이었다. 순간 숨이 막혔다. 하늘을 빼곡하게 수놓은 별과 동그란 달빛이 비처럼 내렸다.

온 세상이 달빛 속에 잠겨 있었다. 은은한 달빛은 드넓은 들판과 그 사이를 가로지르는 자갈길, 그리고 나의 마음을 적신 후 길 위에 선명한 그림자를 드리웠다.

보이지 않던 것들이 보이고, 들리지 않던 소리가 들렸다. 부드러운 바람이 나뭇잎 사이를 스치는 소리, 발밑에서 느껴지는 흙과 돌의 질감까지, 모든 것이 새롭게 다가왔다. 랜턴을 밝히고 걷는 새벽길이 미지의 자연을 개척하는 도전이라면, 랜턴을 끈 순간은 자연의 품에 안겨 하나가 되는 듯한 평온함이었다. 두려움을 이겨 내고 용기를 낸 자만이 새로운 세상을 맞이할 수 있음을 경험하는 마법 같은 순간이었다.

'이 순간을 떠올리며, 내 삶의 길을 걸어가야겠다.' 드뷔시의 〈달빛〉을 한쪽 귀에 살며시 밀어 넣으며, 달빛이 찰랑이는 길 속으로 한 발을 내디뎠다.

태양을 피하고 싶은 K-장녀

'고프로', 야심 차게 준비한 고프로가 고장이 났다고 푸념을 늘어놓던 혜진에게 내가 붙여 준 별명이다. 그녀는 '다요 양', '꼬맹이', 그리고 두 명의 한국 순례자들과 함께 길을 걷고 있다. 순례 첫날부터 힘겹게 걷고 있는 두 아가씨를 큰언니처럼 보살피는 걸 보면, 뛰어난 외모만큼이나 마음도 고운 것 같았다. 그녀가 저만치 앞에서 큰 배낭을 메고 한쪽 어깨에 에코백을 걸치고 있었다. 며칠 전 몸이 안 좋아 택시를 타는 모습을 봤었는데, 이제 씩씩하게 잘 걷고 있었다.

뒤에서 다가가 인사를 했다. 어둠 속에서 불쑥 나타나 인사를 하니, 그녀는 흠칫 놀라는 눈치였다.

"갑자기 뒤에서 나타나서 놀랐지요? 달빛이 좋아서 랜턴을 끄고 걷고 있어요."

"그럼 저도 한번 랜턴을 꺼 볼까요? 와! 달빛에도 그림자가 만들어지는 게 신기해요! 오늘은 해가 좀 늦게 떴으면 좋겠어요."

달빛 아래, 고프로와 발걸음을 맞추며 자연스럽게 대화가 이어졌다. 운동 이야기, 가족 이야기, 회사 이야기 등 6시간 동안 많은 이야기를 나누었다. 순례길을 시작한 후 한 사람과 보조를 맞추며 걷는 것은 처음이었다. 그녀는 7년간의 회사 생활을 정리하고 순례길에 나섰다고 했다. 그 분야에서 다시는 일하고 싶지 않다고 했다. 7년은 한 분야에서 전문가가 되기에 충분한 시간인데, 그녀가 그 경험을 포기하게 만든 것은 무엇이었을까? 무수히 많은 고민과 갈등이 그녀를 얼마나 괴롭게 했을지 떠올리니, 그 마음이 고스란히 전해져 가슴이 아렸다. 한편, 그녀의 용기가 부럽기도 하고, 그녀의 생각이 궁금하기도 했다. 하지만 나는 한국인들, 특히 나보다 어린 친구들에게 개인적인 이야기를 묻는 것이 조심스러워 더 자세한 것은 묻지 않았다. 연세가 많으신 한국 어르신들이 나에게 너무 개인적인 질문을 할 때 느꼈던 당황스러움을 그녀가 느끼게 하고 싶지는 않았다. 그녀는 장녀여서 이것저것 챙겨 주는 것이 익숙하다고 했다. 다시 태어나면 막내로 태어나고 싶다고 했다. 역시 그녀는 전형적인 K-장녀였다. 그녀의 말에 웃으며, 나는 누나가 4명인 막내인데 막내도 장녀가 알지 못하는 나름의 어려움이 있다고 농담처럼 막내의 입장을 대변했다. 하지만 장녀의 부담감에는 비할 바가 못 된다는 것은 잘 알고 있었다.

어느덧 해가 떠오르고 그림자가 점점 짧아지고 있었다. 그녀는 순례길에서 가장 고통스러운 것이 따가운 햇살이라고 했다. 햇볕을 막기 위해 얼굴에는 가리개, 손에는 장갑을 끼고 있었다. 장갑 한쪽을 잃어버려 장갑이 없는 손을 에코백에 넣고 엉거주춤하게 걸었다. 태양을 필사적으로 피하려는 그녀의 모습을 보니, '비'의 노래 〈태양을 피하는 방법〉이 떠올랐다.

직장에서의 어려움, 장녀로서의 부담감이 스페인의 햇살처럼 그녀의 마음을 따갑게 했을 것이다. 달빛이 가득한 세상을 보기 위해서는 랜턴을 끄는 용기가 필요하듯, 따가운 태양 빛이 비치는 세상을 살아가기 위해서는 어떤 용기가 필요할까? 부디 이 길의 끝에서 그녀만의 '태양을 피하는 방법'을 찾기를…. 참고로 그날 밤 나에게 폼롤러를 빌려 쓴 이후로 그녀는 나를 '폼롤러 아저씨'라고 부르기 시작했다.

제정신을 잃고 영혼을 찾다: Lose your mind, find your soul

길을 걷다 보면 기억에 남는 풍경이나 상황이 생기기 마련이다. 오늘 작은 마을에서 우연히 마주친 공동묘지는 내 마음을 울렸다. 이번이 세 번째로 마주한 공동묘지였는데, 놀랍게도 어린이 놀이터 바로 옆에 자리 잡고 있었다. 내 머릿속의 공동묘지란 으스스한 분위기가 감도는, 박세리가 담력을 키우기 위해 찾았다는 공포의 장소인데, 놀이터 바로 옆이라니! 이곳에서 자라는 아이들은 죽음을 어떻게 받아들일까? 죽음과 놀이가 공존하는 이 풍경을 통해, 아이들은 삶과 죽음이 이질적인 것이 아니라 한데 얽혀 있는, 자연스러운 일상의 일부로 체득하게 될 것이다. 생과 사가 분리된 것이 아니라 그저 인생의 연속성 위에 놓여 있다는 사실을, 이곳의 아이들은 어릴 때부터 자연스레 배워 가는 것이 아닐까?

또 한 번 기억에 남는 순간은 마지막 5km의 가파른 언덕길에서였다. 지쳐 갈 무렵의 언덕길은 특히 더 힘들었다. 게다가 오른쪽 정강이가 말썽이었다. 숨이 가빠지고, 한 발 한 발 내디딜 때마다 전기 같은 통증이 느껴져 한 걸음 떼는 것이 무서울 지경이었다. 그때 내 눈에 들어온 글귀가 있었다.

'제정신을 잃고, 영혼을 찾다.(Lose your mind, find your soul.)'

순례길 간판에 누군가 매직펜으로 써 놓은 글이었는데, 그 문장이 내 가슴을 송곳처럼 찔렀다. 그 순간 나는 정강이 통증으로 제정신이 아닌 것은 분명했다. 새벽에는 달빛에 취해 제정신이 아니었다. 이 문구는 처음에는 직관적으로 다가와 나를 미소 짓게 했지만, 이후로 내 머릿속에서 떠나지 않고 맴돌다가 무겁게 내려앉았다. 내 마음에서 무엇인가를 내려놓아야 영혼을 찾을 수 있다는 뜻일까? 그렇다면 무엇을 내려놓아야 할까? 그렇게 찾은 영혼은 어떤 모습으로 다가올까? 순례길, 아니… 내 인생의 숙제를 던져 준 이날의 표지판을 앞으로도 잊을 수 없을 것이다. 마침내 찾은 내 영혼과 평온하게 마주 보며 인사하는 날을 꿈꿔 본다.

DAY 12

아 부르고스!
동키는 사랑입니다, 동키는 행복입니다!

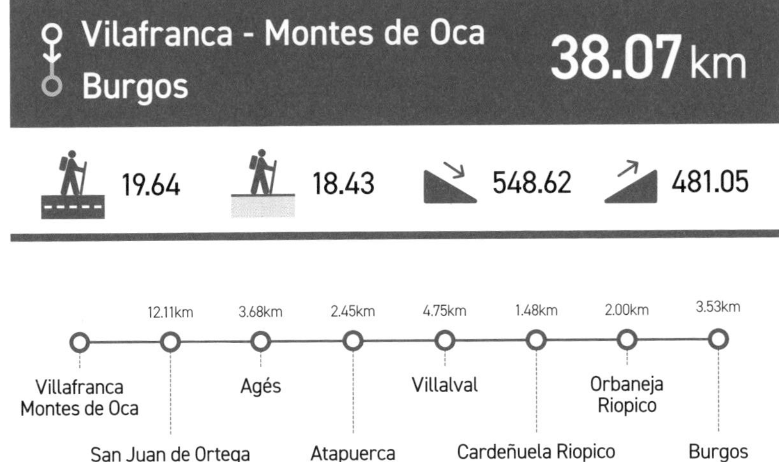

오늘의 목적지인 부르고스(Burgos)까지는 갈 길이 멀다. 계산상으로는 38km가 나오지만, 경험상 40km를 넘길 것 같다. 고프로 일행 5인방은 새벽 3시 반에 출발했고, 아기곰 부부는 4시에 먼저 길을 나섰다. 정신을 차리고 준비를 마치니 벌써 4시 반이었다.

동키야, 아직은 널 만나고 싶지 않아

방 앞 복도에는 5인방과 아기곰 부부의 배낭들이 주소를 적은 돈 봉투를 훈장처럼 한쪽에 달고 가지런히 줄 서 있었다. 40km는 보통 이틀에 나눠 걷는 거리라, 대부분의 순례자들이 동키 서비스를 이용하는 것 같았다. 어젯밤에도 모두 나를 붙잡고 "40km는 무리야. 차라리 동키 서비스를 이용해!"라며 권유했다. 하지만 동키 서비스는 왠지 반칙 같았고, 그 높은 피레네산맥도 배낭을 메고 넘은 나였기에, 40km쯤은 문제없을 거라는 근거 없는 자신감으로 배낭을 메고 가기로 결정했다. 한번 고생을 해 봐야 정신을 차릴까?

"동키는 사랑입니다, 동키는 행복입니다."

동키 서비스 회사의 광고 카피 같은 이 말은 동키 서비스를 매일 이용하는 아기곰 부부가 노래 부르듯 매일 흥얼거리던 문구다. 부르고스에 도착한 뒤에야 이 문구의 진정한 의미를 깨닫게 되었다.

어둠이 내게 준 선물

첫 화살표를 찾는 것이 너무 쉬운 하루였다. 알베르게 바로 앞에 '산티아고까지 544km 남음'이라는 이정표가 반갑게 나를 맞이했다. 어제에 이어 랜턴을 끄고 걷기를 시도했다. 처음에는 큰길을 걷는 데 문제가 없었지만,

숲길에 접어들자 길이 보이지 않았다. 랜턴을 켜고 몇 발자국 걷다 보니 불빛이 약해지더니 이내 꺼지고 말았다. 달빛만 믿고 랜턴 충전을 게을리 한 탓이었다. 주위를 둘러보았지만, 아무도 보이지 않았다. 날이 밝을 때까지 꼼짝없이 기다려야 한다는 두려움에 식은땀이 등줄기를 타고 흘러내렸다. 멈춰 서서 한참을 고민하다가 배낭에 태블릿이 있다는 사실이 떠올랐다. 태블릿과 랜턴을 연결해 보니 불이 들어왔다. 구원의 불빛이었다.

지금까지는 어려움이 닥치면 도움의 손길이나 일행의 지혜로운 대처 덕분에 큰 문제 없이 순례길을 이어왔다. 그러나 이번에는 내 마음속 상상이 문제였다. 출발 후 세 시간 동안 어두운 새벽길을 혼자 걷다 보니 가끔 등골이 서늘해지는 순간이 찾아왔다. 문득 영화 〈식스 센스〉의 한 장면이 떠올랐다. 주인공이 학교에서 유령을 마주할 때 주변 온도가 급격히 떨어지며 숨결이 하얗게 보이는 장면이었다. 그리고 그가 한 대사도 떠올랐다.

"난 죽은 사람들을 봐요. 평범한 사람들처럼 여기저기 돌아다니죠. 그들은 서로를 보지도 못해요. 그리고 자신이 보고 싶은 것만 봐요. 자신이 죽었다는 사실조차 모르죠."

한번 떠오른 장면은 좀처럼 사라지지 않고 계속 나를 따라왔으며, 나의 발걸음은 점점 더 빨라졌다. 뭔가 대책이 필요했다. 나는 일단 걸음을 멈추었다. 그리고 담배에 불을 붙인 후 천천히 걸음을 옮기기 시작했다. 효과가 있었다. 쫓기는 듯한 마음은 다시 안정되었고, 담배를 피우며 홀로 걷는 어두운 길을 즐길 수 있었다. 조금 전의 내 모습을 돌아보니 입가에 멋쩍은 미소가 번졌다.

처음 랜턴이 꺼졌을 때, 어둠이 모든 것을 집어삼킬 듯 느껴졌다. 하지만 진짜 두려움은 어둠 그 자체가 아니라, 내 마음이 만들어 낸 상상이었음을 깨달았다. 그제야 어둠은 더 이상 나를 쫓아오지 않았다. 오늘 홀로 맞이한 새벽은 순례길에서 가장 고요하면서도 값진 선물이었다.

다시 뜬 태양과 함께 마주한 베이스캠프

네 시간을 걸은 후에야 아침을 먹을 수 있는 바에 도착했다. 쉬지 않고 네 시간을 걸은 것은 처음이었다. 급히 주문을 마치고 곧장 화장실로 향했다. 아침 커피도 급했지만 사실 더 급한 것은 따로 있었다. 오늘은 먼 길을 가야 하기에 양말까지 벗고 발에 휴식을 주기로 했다. 양말까지 벗는 것은 처음이었다. 내친김에 풋 크림도 발랐다. 풋 크림은 전날 밤에 바른 후 발가락 양말을 신고 자야 효과가 좋다고 했지만, 불이 다 꺼진 시간에 잠자리에 드는 바람에 그렇게 하지 못했다. 아직까지 무사한 내 발에게 '오늘도 잘 버텨 줘!'라고 속삭이며 부탁했다. 발에 풋 크림까지 바르니, 마치 정상 도전을 위해 베이스캠프에서 준비를 마친 기분이었다.

그제야 옆에 앉아 있던 세 명의 순례자가 눈에 들어왔다. 그들은 독일에서 온 사람들이었다. "당신들이 내가 여기에서 만난 첫 번째 독일인이에요."라고 했더니, 그들은 애석하게도 내가 그들이 만난 첫 번째 한국인은 아니라며 환하게 웃었다. 체감상 순례길에서 한국인은 절반은 될 것 같을 정도로 많았기 때문에 당연한 대답이었다. 사진을 찍어도 되냐고 양해를 구하고 셔터를 누르려는 순간, 옆에 앉아 있던 여자 일행이 큰 소리로 외쳤다.

"까미노에서 만난 첫 번째 독일인!"

522km에서 만난 서편제

구름이 하늘을 가득 덮고 있었다. 비가 온다는 예보에 걱정이 되었지만, 따가운 햇살이 없어서 걷기가 오히려 수월했다. 하지만 갈 길이 멀었다. 산티아고까지 522km 남았다는 표지석이 보였고, 시계를 보니 출발한 지 벌써 다섯 시간이 지났다. 평소 같았으면 일과를 마칠 시간이었지만, 544km 표지석을 보고 출발했으니 아직 20km를 더 걸어야 했다. 마치 극기 훈련을 하는 기분이었다. 왜 이런 무리한 계획을 세웠을까? 나 자신을 원망하며 힘을 내 보려 안간힘을 쓰고 있었다.

그때 저 앞에서 노랫소리가 들려왔다. 노부부는 큰 소리로 노래를 부르며, 내리막길을 가랑잎이 물결에 떠내려가듯 박자에 맞춰 흔들흔들 내려가고 있었다. 마치 영화 〈서편제〉에서 판소리꾼 부녀가 끝없이 이어진 길을 걸으며 〈진도 아리랑〉을 부르는 모습 같았다. 나의 발걸음도 노래 박자에 맞춰 자연스럽게 느려졌다. 익숙한 노래도 아니었고, 노랫말을 알아듣지도 못했지만 전혀 상관없었다. 그 순간, 나는 마치 〈서편제〉 영화 속에 들어간 듯한 기분이었다.

조금 전, 급한 마음에 서둘러 걷고 있던 내 모습이 우습게 느껴졌다.

"무엇을 위해 그렇게 급하게 걷고 있니?"

그렇게 묻는 것만 같았다. 박수와 브라보를 외치며 앞서 나가는 내 발걸음 뒤에는 여유와 평온의 흔적이 남았다.

내게는 너무 먼 부르고스

부르고스 전 마지막 마을인 오르바네하 리오피코(Orbaneja Riopico)를 지나 부르고스에 도착할 때까지는, 약 두 시간 동안 공장지대와 트럭이 오가는 아스팔트 길을 걸어야 했다. 그래서 그런지 이 구간은 버스를 이용

하는 순례자도 많았다. 발목과 무릎은 아스팔트 길이 싫다고 아우성을 쳤다. 하늘에서는 빗방울이 떨어지고, 화장실도 급했다. 설상가상으로 배까지 고팠다. 다행히 주유소를 찾아 급한 용무를 해결한 뒤 콜라와 에너지바를 먹으며 아기곰 부부를 기다리던 나는 반쯤 넋이 나가 있었다.

아기곰 부부와 합류한 뒤 다시 힘을 내 지루한 도시의 인도를 걸어 부르고스에 도착했다. 멀리 부르고스의 시작을 알리는 표지판이 보였다. 도시 입간판이 이렇게 반가운 적이 있었을까? 안도의 기쁨도 잠시, 아기곰 부부가 부르고스는 길쭉한 도시라며, 우리가 도시를 긴 방향으로 가로질러 가야 한다고 지도를 내밀었다. 지도를 보니 한숨이 절로 나왔다.

벌써 오후 1시 30분. 출발한 지 아홉 시간이 흘렀다. 점심때가 이미 지났지만, 아직 한 시간 반은 더 걸어야 했다. 이미 체력이 바닥나 도시의 딱딱한 인도를 10분도 더 걷기 싫었다. 가장 먼저 만나는 음식점에서 점심을 먹기로 마음먹은 우리는 터벅터벅 걸으며 간판만 찾고 있었다. 드디어 익숙한 간판이 보였다. 노란색의 맥도날드 간판이었다. 매장은 순례자들로 북적거렸다. 순례자들은 매장의 한쪽 구역에 모여 있었다.

"맥베르게에 오신 걸 환영합니다!"

옹기종기 모여 있는 순례자들을 보니 문득 알베르게에 도착한 것 같은 기분이 들어, 앞 테이블에 앉아 있는 이탈리아 친구들에게 농담을 던졌다. 다들 박수를 치며 격하게 공감했다.

드디어 예약한 아파트 입구에 도착했지만, 아직 끝난 것이 아니었다. 방은 5층 건물의 꼭대기 층에 있었고, 엘리베이터는 없었다. 계단을 오르는 발걸음은 마치 에베레스트 정상에 오르기 위해 마지막 힘을 짜내는 것처럼 느리고 힘겨웠다. 마침내 5층에 도착해 방문을 열었을 때, 지금까지의 고생이 모두 보상받는 듯했다. 천장에는 전동 천창이 있었고, 푹신한 침대, 그리고 욕조가 있는 화장실이 낙원처럼 우리를 맞이했다. 출발한 지 열한 시간 만이었다.

잠자기 전, 폼롤러에 다리를 올리니 너무 아파서 비명이 절로 나왔지만, 뜨거운 물에 몸을 담그니 천국이 따로 없었다. 가끔은 이런 휴식도 필요하다. 오늘만 해도 43km를

걸었으니! 오늘은 이런 호사를 누릴 자격이 있다. 침대에 누워 잠을 청하는 내 귓가에는 아기곰 부부의 노랫소리가 맴돌았다.

"동키는 사랑입니다, 동키는 행복입니다."

2장

자아와 인연의 순례

: 나를 찾아 안으로, 친구 찾아 밖으로

LOSE YOUR MIND, FIND YOUR SOUL.

DAY 13

이별과 만남

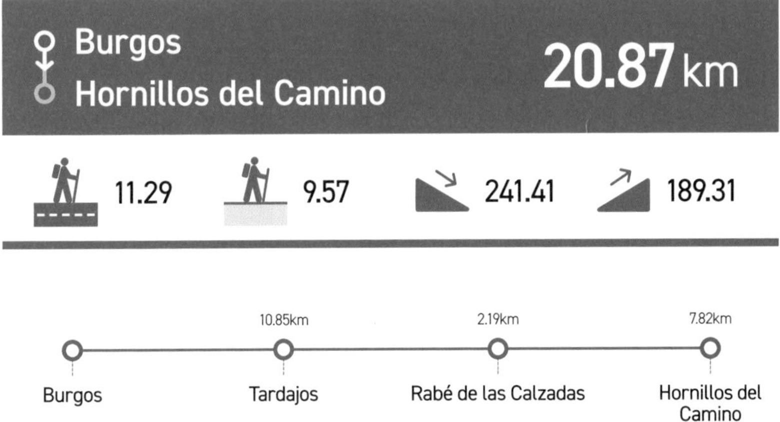

짜장라면과 닭강정

“또 만날 수 있겠죠? 아픈 다리 조심하고 건강히 다시 만납시다.”

아쉬운 작별 인사를 나눈 뒤, 배웅하는 부부를 뒤로한 채 계단을 내려갔다.

아기곰 부부는 부르고스에서 하루 더 머물기로 했고, 나는 한국에서 합류할 유경을 만나기 위해 목적지 마을까지 쉬지 않고 걸어야 했다. 아기곰 부부는 자는 나를 깨워 마지막 만찬으로 정성스럽게 준비한 짜장라면을 내주었고, 나는 어젯밤 몰래 준비해 둔 닭강정 한 상자를 내밀었다. 각자의 방식으로 준비한 이별 선물이었다.

아기곰 부부와 나는 지난 12일 동안 같은 곳에서 잠을 자고 함께 밥을 먹는 식구(食口)였다. 죽이 잘 맞아 실없는 아재 개그에도 함박웃음을 지었고, 서로의 부족한 부분을 메꿔 주는 팀이었다. 나는 주로 통역을 담당했고, 그들은 나를 손이 많이 가는 타입이라며 툴툴대면서도, 나이 많은 나를 동생처럼 챙겨 주었다. 그들과 함께여서 순례길을 외롭지 않게 시작할 수 있었다. 꼼꼼하고 웃음이 많던 영미 씨, 엉뚱하면서도 묵묵히 궂은 일을 자처했던 문규 씨. 그들이 많이 그리울 것 같았다. 세계여행의 시작점으로 산티아고 순례길을 선택한 '아기곰 부부'. 그들의 여행이 어떤 이야기로 채워질지 상상하며 1층 현관을 나섰다.

다시 혼자가 되었다. 내일의 목적지도 혼자 결정해야 했고, 덜렁대는 나를 챙겨 줄 사람도 없었다. 가장 걱정인 것은 혼자 밥을 먹어야 한다는 것이었다. 하지만 이미 혼자 순례길을 나설 때 각오했던 일이었다. 지난 12일 동안 형성된 안전지대를 벗어나 도전의 영역으로 들어서며 산티아고 순례길의 두 번째 막을 시작하는 순간이었다.

오늘의 목적지는 20km 거리의 오르니요스 델 까미노(Hornillos del Camino)다. 이제 20km는 부담 없는 거리다. 날이 밝아 랜턴이 더 이상 필요하지 않았다. 첫 번째 화살표 역시 쉽게 보였다. 길에서 만나는 사람

들, 길가의 빨간 양귀비꽃, 나지막한 언덕에서 내려다보는 이국적인 풍경이 더 이상 낯설지 않았다. 혼자 걷는 일에도 익숙해졌다. 그러나 혼자인 것과 외로움은 다른 문제였다. 아침 커피를 마시던 바에도, 도착할 알베르게에도 아기곰 부부는 없을 터였다. 혼자 걷는 동안에도 우리의 마음은 보이지 않는 실로 연결되어 있었던 것 같다. 이 길을 걷기 시작한 지 10여 일이 지나 불쑥 다가온 외로움은 당혹감과 함께, 드디어 혼자만의 시간을 보낼 수 있다는 묘한 기대감을 가져다주었다.

채식주의자에게 선물한 닭강정(까미노 친구와의 재회)

닭강정이 담긴 쇼핑백을 손에 든 채 알베르게에 도착했다. 어젯밤 10시가 넘은 시각, 바람을 쐬러 밖으로 나섰다가 '떡볶이, 닭강정'이라는 한글 입간판을 발견했고, 반가운 마음에 닭강정 두 상자를 샀다. 하나는 아기곰 부부를 위한 이별 선물, 다른 하나는 로리를 위한 재회 선물이었다. 로리는 내 마음속 깊이 신경 쓰이는 친구였다. 스물두 살의 앳된 얼굴을 보면 왠지 무언가 챙겨 주고 싶은 마음이 들었다. 로그로뇨에서는 물집으로 고생하던 로리에게 발가락 양말을 건네주며 작별 포옹을 나눴다. 하루 더 머물러야 했던 로그로뇨에서 우리의 일정은 엇갈렸지만, 며칠간 부지런히 걸은 덕분에 부르고스에서 그녀를 따라잡을 수 있었다. 오늘 만나면 전해 주겠다는 마음으로 출발 때부터 닭강정을 손에 들고 걸었지만, 결국 만나지 못한 채 알베르게에 도착하고 말았다.

알베르게 문 앞에는 벌써 배낭들이 줄지어 서 있었다. 내 순서는 열다섯 번째. 입장까지는 한 시간 정도 여유가 있었다. 목을 축이려고 바에 들렀더니, 반가운 얼굴들이 바깥 테이블에 앉아 있었다. 켄과 킴이었다. 그들은 다음 마을이 목적지였지만 잠시 쉬는 중이었다. 외국 친구들 중에서는 로리, 켄, 킴과 연락처를 주고받아 계속 연락을 하고 있었다. 오늘 걷는 중간에 어딘가에서 만날 것을 기대했었는데, 알베르게 앞에서 만났다. 로리는 평소처럼 늦게 출발해 오고 있다고 전해 주었다.

맥주를 시킬까 콜라를 시킬까 고민하며 바에 들어갔는데, 가격을 보고 고민이 사라졌다. 맥주가 콜라보다 더 저렴했다. 맥주와 닭강정을 길거리 테이블에 놓고 한숨 돌리고 있자니, 저 멀리서 로리가 걸어오는 것이 보였다. 결국 만났다. 장소도 시간도 정하지 않고 그저 걷다가 이렇게 만날 수 있다는 것이 신기했다.

"로리! 이건 닭강정이야. 너를 위해 준비했어." 테이블 위의 닭강정을 가리키며 말했다.

"닭고기인가요? 저는 채식주의자인데, 어쩌죠?" 로리는 얼굴에는 미안함이 묻어났다.

아뿔싸! 나의 재회 선물은 실패였다. 하지만 뭐 어떠랴. 내 마음은 충분히 전해진 것 같아서 상관없었다. 켄, 킴 그리고 로리와 한참 동안 시간을 함께 보냈다. 길 위에서 만나 남다른 우정을 나눈 것도 아닌데, 오랜 친구 같은 느낌이 드는 것은 나뿐만이 아니었다. 이것이 까미노의 마법일까? 우리는 출발하기 전 함께 사진을 찍었다. 이 사진은 모두의 얼굴에서 생기가 느껴져 내가 가장 좋아하는 사진 중 하나가 되었다. 내일은 같은 마을에서 머물기로 약속하고 그들을 배웅했다. 내 산티아고 순례길의 두 번째 막의 이야기는 이렇게 시작되었다.

느림의 미학

알베르게 입장이 시작되었다. 한참을 기다린 후였다. 줄이 아무리 길어도 단 한 명의 직원이 한 사람씩 천천히 입장 절차를 진행했기 때문이었다. 먼저 알베르게 주인장이 여권과 크리덴셜(순례자 여권)을 받아 쎄요

(도장)를 찍고 날짜를 기록한다. 그런 다음 순례객을 침대가 있는 곳까지 안내하고, 일일이 주의사항을 설명한 후 다시 자리로 돌아와 다음 사람을 등록한다. 기다리는 사람 입장에서는 느린 속도가 답답해 미칠 지경이다. 처음에는 너무 답답했지만, 이제는 익숙해졌다.

곰곰이 생각해 보니 좋은 점도 있었다. 천천히 입장 절차를 진행하기 때문에, 일단 입장한 사람들에게는 침대 정리, 샤워, 빨래할 시간적 여유가 생긴다. 그래서 많은 사람이 사용하는 샤워장이지만 붐비지 않는다. 이것이 유럽인들의 지혜일까? 너무 큰 의미를 부여한 것 같기도 하지만, 나는 점점 느긋한 스페인 사람들의 방식에 적응하고 있었다. 느림의 미학을 배우며, 한국 사회의 빠른 리듬에서 벗어나 천천히 흐르는 시간 속에서 여유를 찾는 법을 익혀가는 내가 신기했다. 이제는 알베르게 앞에서 기다리는 시간조차도 그리 나쁘지 않다. 사람들을 관찰하고, 그들의 이야기를 듣고, 나의 여정을 되돌아보는 소중한 시간이 되었다. 산티아고 순례길이 나에게 주는 또 하나의 선물이다.

불이 꺼진 알베르게 2층 침대에 누우니, 입장을 기다리며 나누었던 대화가 머릿속에 떠올랐다. 텍사스에서 온 60대 아주머니와의 대화였다. 차분하고 온화한 미소가 인상적인 그녀는 매일 무리하지 않고 10km씩 천천히 걷고 있다고 했다.

"순례길에서는 인생이 극도로 단순해져서 너무 좋아요. 매일 아침 일

어나면 걸어야 할 길이 있고, 오늘 잠을 청할 침대와 먹을 것에 감사하는 마음이 절로 생기죠."

그녀의 말은 순례길의 본질을 정확히 표현하고 있었다. 나는 내일 아침까지 안전 가드 없는 2층 침대에서 떨어지지 않고 무사히 잘 수 있기를 바라며 눈을 감았다.

DAY 14

과거의 영광과 황제의 저녁

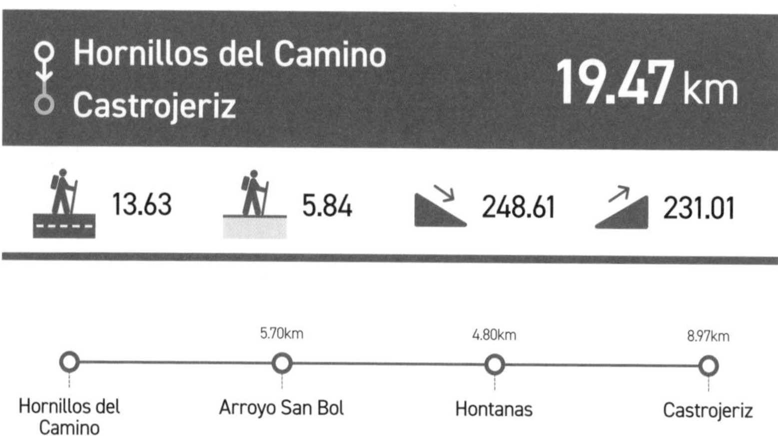

아침에 눈을 뜨니 다행히 침대에서 떨어지지 않고 무사히 살아 있었다. 감사한 마음으로 하루를 시작했다. 오늘의 목적지인 카스트로헤리스(Castrojeriz)까지는 20km로 비교적 짧은 거리였지만 5시 20분에 출발했다. 하늘에는 반달이 떠 있었다. 랜턴을 끄고 달빛에 의지해 걸어 보려 했지만 바로 포기했다. 반달 아래에서는 어두워 걸을 수 없었다. '477.7km'라고 쓰인 표지석이 눈에 들어왔다. 드디어 400km대에 진입했다. 벌써 330km를 걸었다는 것이 믿기지 않았다. 그러나 아직도 걸어야 할 길이 더 많았다. 앞으로 200km 정도는 메세타 평원 지역을 걸어야 한다. 걸어도 걸어도 끝없는 벌판만 보이는 메세타 평원. 고도가 높아 새벽에는 추워 패딩을 입어야 하고, 해가 뜨면 뜨거운 햇살에 땀범벅이 된다. 가로수도 없는 황량한 길뿐이라 많은 순례자가 이 구간을 건너뛰기도 한다.

과거의 영광과 현재의 몰락

혼타나스에 도착했다. 이 마을에는 무료로 발 마사지를 받을 수 있는 곳이 있다고 했다. 이곳에서 묵을 사람들에게 유용한 정보였다. 라떼와 샌드위치를 즐기고 있는데, 독일 청년 크리스와 스위스 청년 닉이 인사를 건넸다. 그들은 텐트로 노숙하며 순례를 하는 청년들이었다. 그들은 인사를 하자마자 휴대폰을 내밀며 어제 불을 피우고 텐트 없이 노숙한 사진을 보여 주었다. 그들은 부모님의 칭찬을 기다리는 아이처럼 초롱초롱한 눈으로 나를 쳐다보았다. 나는 호들갑을 떨며 그들의 기대에 부응했다. 크리스와 닉의 순례길을 상상하니 그들의 젊음과 용기가 부러웠다. 모두 각자의 방법으로 자신의 순례길을 경험하고 있었다.

카스트로헤리스 도착 직전에 잔해만 남아 있는 수도원을 만났다. 정식 명칭은 '산안톤 유적지'인데, 남아 있는 아치를 통해 웅장한 수도원의 규모를 상상할 수 있었다. 폐허가 된 수도원을 바라보며 앉아 있자니 경주의 감은사 터에 앉아 덩그러니 남아 있는 두 개의 삼층석탑을 바라보던 순간이 떠올랐다. 과거의 영광과 현재의 몰락을 동시에 느끼는 순간이었다. 그동안 봐 왔던 멋진 성당들이 민중을 수탈해 쌓아 올린 권력의 결정체라면, 이곳은 그 권력의 부질없음을 조용하면서도 강력하게 알려 주는 것 같았다. 나는 한참 동안 자리를 뜨지 못하고 폐허가 전해 주는 쓸쓸한 고요함을 되새김질했다.

황제의 저녁

알베르게에 도착한 뒤 샤워와 빨래를 마치고 혼자 먹는 점심. 예상했던 대로 혼자 식사하는 것은 여전히 익숙하지 않았다. 짠 빵 조각을 맥주와 함께 억지로 먹고 알베르게로 돌아오니 켄과 로리가 접수를 위해 기다리고 있었다. 혼자 점심을 먹은 후 만나서 그런지 더 반가웠다. 킴은 이 마을의 다른 알베르게를 예약했다고 소식을 전해 주었고, 저녁에 다시 만나기로 약속하고 헤어졌다. 나는 순례를 시작한 후 처음으로 낮잠을 자 보기로 했다. 한 시간 후로 알람을 맞춰 놓고 잠을 청했다.

일어나 보니 켄도 로리도 없었다. 전화기를 확인해 보니 방전되어 있었다. 충전하는 것을 깜빡했던 것이다. 알베르게 시계를 보니 6시가 넘었다. 4시간 넘게 꿀잠을 잤다. 낮잠 덕분인지 몸은 아주 개운했지만 배가 무척 고팠다. 주섬주섬 가방을 챙겨 근처 식당을 찾았다. 와인과 저녁을 주문하고 식당 앞 테이블에 앉으니 눈앞에 펼쳐진 풍경은 그야말로 장관이었다. 하늘은 청명한 푸른빛을 띠고, 구름은 부드럽게 떠다녔다. 테라스에는 나무로 만든 차양이 햇빛을 막아 주고, 아래에는 깔끔하게 정돈된 테이블과 의자들이 놓여 있었다. 멀리 보이는 초록 들판은 끝없이 펼쳐져 있었고, 테이블 위에는 붉은 와인이 놓여 있었다. 혼자였지만 전혀 외롭지 않았다. 전화기 방전과 꿀잠이 만들어 준 혼자만의 시간은 나에게 10유로짜리 황제 같은 저녁을 선사했다.

황제의 저녁을 즐긴 후 킴과 로리가 합류했다. 그 자리에서 킴의 이야기를 들었다. 킴은 30대였는데, 일을 하다가 번아웃이 온 모양이었다. 대학의 마지막 학기를 한국의 순천향대학교에서 교환학생으로 지냈는데, 소주를 정말 많이 마셨던 기억밖에 없다며 한국 생활을 회상했다. 기숙사가 남자 타워와 여자 타워로 분리되어 있었는데, 저녁에 서로 만나 술에 취해 정신이 없었다고 하자 로리는 킴에게 "아침에는 남자 타워와 여자 타워 중 어디에서 일어났어?"라며 농담을 던졌다. 젊은이들과 어울리다 보니 나도 젊어진 듯한 기분이 들었다. 그들은 나를 나이 든 아저씨로 취급하지 않았다. 그것이 외국 청년들과 한국 청년들의 차이인 것 같다. 외국인인 그들에게서 정서적으로 더 친밀감을 느끼는 것은 그 때문인지도 모르겠다. 당시에도 길에서 만난 그들과의 인연이 쉬 끝날 것 같지 않았는데, 실제로도 지금까지 소중한 인연이 이어지고 있다.

산안톤 유적지에서 본 과거의 영광과 현재의 폐허가 내 마음을 스산하게 만들 무렵, 나

는 예상치 못한 황제의 저녁을 우아하게 즐겼다. 그리고 황제도 평민도 나이 든 자와 어린 자도 없는 그곳 산티아고가 맺어 준 길 위의 평등한 인연에 감사한 밤이었다. 부디 이 길의 인연에는 흥망도 성쇠도 없기를.

DAY 15

나를 찾아 안으로, 친구 찾아 밖으로

오늘의 목적지는 25km 거리의 프로미스타(Fromista)이다. 새벽에 일어나 자고 있는 로리 머리맡에 사과 하나를 깜짝 선물로 놓아두고, 출발 준비를 위해 로비로 나오니 켄은 이미 준비를 마치고 앉아 있었다. 켄은 장난감 회사에서 일하며, 휴가를 내고 순례길에 온 덴마크 청년이었다. 그는 항상 쾌활하고 유머가 넘쳐 같이 있으면 기분이 좋아지는 친구였다.

그가 손에 커피를 들고 다가왔다. 새벽 출발 전 커피라니! 공립 알베르게에서는 기대하지 않았던 선물이었다. 로비의 도네이션 테이블에 기부를 하고 내 커피까지 챙겨 준 것이었다. 담배와 함께 새벽 커피를 즐겼다. 켄은 주변 경치를 볼 수 없어서 어두울 때는 출발하지 않는다고 했다. 걷는 속도가 매우 빠른 친구였지만, 요즘은 발에 통증이 있어 페이스를 조절하고 있었다. 회복되면 속도를 높여 산티아고를 지나 100km를 더 걸어 땅끝 피니스테라까지 가 볼까 고민 중이라고 했다. 켄과는 조만간 헤어질지도 모른다는 예감이 들어, 벌써부터 아쉬웠다.

어두운 새벽길에서 건져 올린 나

켄의 배웅을 받으며 어두운 길로 들어섰다. 오늘 만난 첫 화살표는 밝게 빛나는 노란색이었다. 빛을 건물 벽에 비춰 만든, 예상치 못한 최첨단 화살표였다. 마을을 벗어나니 주위가 어두워졌다. 켄과는 달리, 나는 어두운 새벽에 걷는 것을 좋아했다. 걷기에 더 집중할 수 있기 때문이었다.

메세타 평원에 접어든 이후부터는 걷기 명상을 하려고 노력하고 있었다. 언젠가 참가한 회사 명상 프로그램에서 배운 바에 따르면, 명상은 여러 종류가 있지만 공통된 핵심은 아무 생각도 하지 않는 것이 아니라, 호흡이든, 걸음걸이든, 먹는 음식이든 현재의 한 가지에 집중하면서 다른 생각이 떠오를 때 그것을 알아차리는 것이다. 명상을 배우며, 놀랍도록 많은 상념이 머리를 스쳐 지나가는 경험을 했다. 나는 오른쪽 정강이의 통증에 집중하며 걷기 명상을 시도했다. 하지만 한 가지 질문이 반복적으로 떠올라 도무지 집중할 수 없었다. 그 질문은 '나는 어떤 사람인가?'였다. 이 생각이 떠오를 때마다 몇 번이고 알아차리고 다시 집중하기를 반복했다. 나는 오히려 '나는 어떤 사람인가?'에 집중해 보는 것도 괜찮을 것 같아 마음을 바꿔 그 질문에 몰두해 보기로 했다.

'나는 어떤 사람이지?' 온갖 부정적인 내 모습들이 먼저 떠올랐다. 화를 많이 내는 사람, 짜증이 많은 사람, 따지기 좋아하는 사람, 웃음이 없는 사람, 엄격한 사람, 냉소적인 사람. 이런 모습들을 원칙을 지키는 사람, 업무에 철저한 사람, 합리적인 사람으로 포장하고 있었다. 나라도 이런 사람과는 같이하기 싫을 것 같았다. 이런 나를 견뎌 준 가족과 주위 사람들에게 새삼 고맙기까지 했다.

'내가 언제부터 이랬지?' 나는 기억을 더듬어 보았다. 나는 항상 웃고 장난기가 많은 사람이었다. 심각한 상황에서도 주위 사람들을 웃게 만들 수 있는 여유와 밝은 에너지를 가지고 있었다. 뛰어난 업무 성과의 결과로 2년이나 빨리 부장으로 승진하기도 했다. 하지만 자기만족과 업무 성과 유지를 위해 작은 실수에도 화를 참지 못하고 숫자와 그래프에만 의존해 사람들을 다그치는 사람으로 변해 갔다. 임원이 될 수 없다는 벽이 나를 가로막기 전까지는 이렇게 변해 버린 나를 알아차리지도 못했다. 임원이 되었다면, 아마 회사를 그만둘 때까지 이런 내 모습을 알아차리지 못했을 것이다.

임원 승진이 좌절된 후, 나는 자신을 실패자로 여기며 알 수 없는 불편함에 시달렸다. 이후 이 불편함을 '지위 불안(status anxiety)'이라는 용어로 설명한 책을 통해 나의 상태를 이해할 수 있었다. 알랭 드 보통은『불안』에서 지위 불안을 "다른 사람들이 우리를 어떻게 생각하는지, 우리가 성공적인 사람으로 여겨지는지, 아니면 실패자로 여겨지는지에 대한 끊임없는 긴장과 두려움"으로 정의했다. 나의 상태를 정확히 설명해 준 문장이었다. 하지만 나의 상태를 파악하는 것과 극복하는 것은 별개의 문제였다. 책에서 제시한 극복 방법이 기대와는 달리 크게 와닿지 않았다. 나의 실패를 진정으로 받아들이지 못하는 상태는 여전히 지속됐다. 전례 없이 긴 6주의 휴가를 무리하게 신청하고 산티아고 순례길에 오르기로 결심한 것은 이 '불안'을 극복하려는 최후의 몸부림이었다. 이 길 위에서 있는 그대로의 나를 받아들이고 예전의 나를 찾고 싶은 바람이었다.

지금 이곳에서의 나는 명랑하고 유머가 있고, 주위 사람들을 배려하는 사람이다. 그렇다. 나는 원래 이런 사람이었다.

"내가 이렇게 활기차고, 명랑하고, 에너지가 넘치는 사람이라는 것을 잊지 말자!"

어두운 새벽길에서 건져 낸 문장이었다. 그 문장은 내 마음속 어둠을 조금씩 걷어 내는 것 같았다. 나는 첫 바를 만날 때까지 이 문구를 반복해서 되뇌었다.

바벨의 축제

"뭐가 힘들어, 그냥 두 발로 걸으면 되잖아. 난 심지어 네 발이라고!"

자기에게 최면을 걸듯 소리치며 굉장한 속도로 앞질러 가는 고프로와 다요 양. 산티아고에서 출발해 생장으로 거꾸로 걷는 프랑스 부부, 그리고 '420km가 남았다'는 표지석. 물집 잡힌 발의 통증이 마비로 느껴지지 않을 때 부지런히 걸어야 한다며 앞서가는 한국 아저씨. 노숙을 하며 나와는 전혀 다른 순례길을 경험하고 있는 독일의 크리스와 스위스의 닉. 저마다의 방식으로 걷고 있는 순례자들 사이를 걷다 보니 어느덧 목적지에 도착했다.

마을 광장에는 스페인의 각 주를 상징하는 나무들이 서로의 가지를 뻗어 맞잡고 있었고, 은은한 향이 풍기는 알베르게 입구에는 순례자들의 배낭이 줄지어 있었다. 여느 때와 다름없는 평화로운 오후 풍경이었다. 입장, 샤워, 빨래, 침대 정리를 오랜 습관처럼 빠르고 정확하게 끝내고 나니 반가운 켄, 로리, 킴의 얼굴들이 보였다. 자연스럽게 그들과 알베르게 옆 바의 야외 테이블에 자리를 잡았다. 시간이 지나자 한두 명씩 새로운 사람들이 옆자리에 합류했다. 핀란드 아가씨 헨나, 텐트를 가지고 다니며 야영하는 스위스 아가씨 오드리, 독일 쉐프 아줌마 클라우디아, 네덜란드 아줌마 넬. 오드리는 북쪽 길을 걷다가 버스에서 깜박 잠들어 도착한 프랑스 길에서 순례를 이어 가고 있었고, 넬은 알베르게 예약을 했지만 늦게 도착해 취소된 탓에 겨우 식당의 소파를 허락받았다며 순례길의 어려움을 토로했다. 스물두 살의 로리를 보고 참 좋은 나이라며 할머니가 손녀 보듯 부러워하는 30대 초반의 핀란드 아가씨 헨나. 그녀는 20대에 어떤 아쉬움이 있기에 그런 아련한 표정으로 로리를 부러워할까?

세계 각지에서 모인 사람들이 둘러앉아 이야기를 나누는 지금 이 순간은 마법의 순간이자 신에게 맞서는 시간이었다. 인간은 하늘에 닿기 위해 바벨탑을 쌓으며 신에게 도전했고, 신은 그들의 언어를 다르게 만들어 서로 소통하지 못하게 했다. 오늘 이 광장에 모인 우리는 모두 다른 언어를 사용하는, 바벨탑의 저주를 받은 인간의 후손들이었다. 그러나 역설적이게도, 신에게 축복을 구하는 순례의 길에서, 먼 옛날 소통을 막은 신에게 보란 듯이 하나가 되는 '바벨의 축제'를 만들고 있었다.

'나는 누구인가?'라는 질문의 해답을 구하기 위해 내면으로 향하는 인간들이자, 다른 사람과 소통하기 위해 밖으로 향하는 인간들이 모여 펼치는 이 바벨의 축제가 어떤 감동과 여운을 남기며 마무리될지 기대되었다.

DAY 16

완벽한 하루

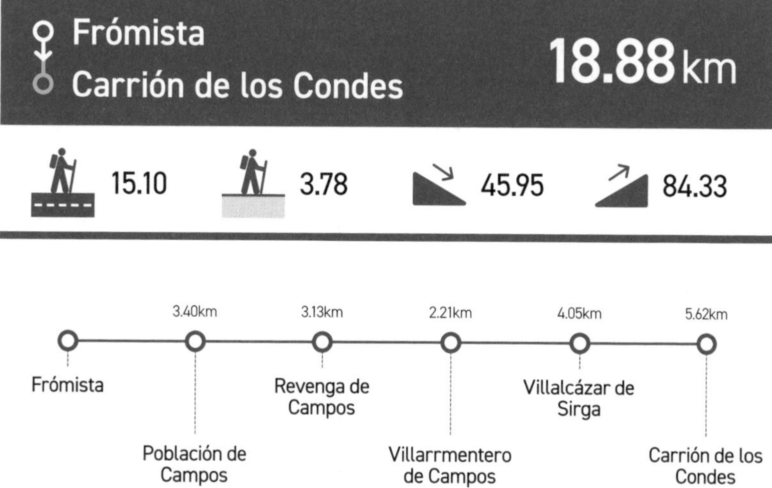

오늘은 카리온 데 로스 콘데스(Carrion de los Condes)까지 18km를 걸을 예정이다. 이제 18km는 쉬어 가는 느낌의 거리다. 오늘 묵을 알베르게는 수녀님들이 운영하는 공립 알베르게로, 정식 명칭은 'Albergue de Peregrinos'다. '수녀님들이 운영하는 곳은 어떨까?'라는 호기심과 저녁 이벤트가 있다는 정보를 보고 그곳에서 묵기로 결정했다.

완벽한 주차

초반에는 자동차 도로 옆길을 따라 걸었다. 멋진 풍경에 대한 기대는 출발하자마자 접었다. 두 번째 마을에서 아침으로 먹은 수박이 유일한 하이라이트였다. 그 외에는 특별할 것 없는 여정이었다. 알베르게 입구에 배낭을 줄 세워 놓고 마을 광장 옆 벤치에서 쉬고 있는 켄을 만났다. 걷는 속도 순서로 로리와 킴도 합류해 벤치에 나란히 앉아 콜라와 간식을 먹고 있었다.

빨간 자동차가 벤치 앞 길가로 천천히 다가와 주차를 시도했다. 우리가 쉬고 있는 벤치 바로 앞이었기 때문에 우리는 자연스럽게 주차하는 광경을 지켜보고 있었다. 주차 실력이 신통치 않았다. 앞뒤로 여러 번 왔다 갔다 했지만 차는 여전히 삐딱하게 서 있었다. 차 문이 열리고 아저씨가 내렸다. 아저씨는 앞뒤로 주차된 상태를 둘러봤다. 이 광경을 처음부터 지켜본 우리는 당연히 운전자가 주차를 바르게 하기 위해 다시 차를 탈 것이라고 예상했다. 하지만 우리의 예상은 보기 좋게 빗나갔다. 그 아저씨는 우리를 힐끗 쳐다보더니 옅은 미소와 함께 뜻밖의 말을 남기고 유유히 사라졌다. 그 말은 다름 아닌 "PERFECTO!", 영어로 "PERFECT!"였다. 우리 넷은 잠깐의 정적 뒤 동시에 웃음을 터뜨렸다. 삐딱하게 주차된 차를 보면서 그 웃음은 한동안 계속되었다. 완벽한

주차를 감상해 보시라.

당시에는 그저 유쾌한 에피소드였지만, 여운이 길게 남았다. 나는 왜 그 사람처럼 적당히 만족하고 자신에게 관대하게 살지 못할까? 지금 이 글을 쓰고 있는 순간에도 좀처럼 글을 완성시키지 못하고 며칠간 고민하는 나에게 "잘하려고 너무 애쓰지 말고, 스페인 아저씨가 삐뚤어진 주차를 보면서 'PERFECTO!'라고 외친 것처럼 너 자신에게 좀 더 너그럽고 관대하게 살아도 괜찮아!"라고 말해 주고 싶다.

점심을 위해 찾은 마을 광장에서는 '바벨의 축제'가 한창이었다. 어제보다 많은 사람이 모여 있었다. 나도 자리를 잡고 한가로운 오후의 햇살을 만끽하며 축제를 즐겼다. 아기곰 부부와 작별한 뒤 찾아왔던 외로움은 온

데간데없었다. 바로 앞에서 자기 와인과 내 와인을 들고 장난치는 킴의 모습을 보고 있자니, 이상하게도 가슴이 찌릿했다. 이 얼마나 완벽한 오후인가? 아마도 행복이라는 것은 우리가 기대했던 모양새와는 다른, 예상치 못한 순간에 불쑥 찾아오는 모양이었다. 웃음을 터뜨리며 마주한 킴의 얼굴, 그 순간의 모든 것이 완벽했다.

내가 순례길에 나선 이유

알베르게 로비에는 네 분의 수녀님들이 기타를 들고 앉아 있었고, 좁은 로비는 물론 2층으로 올라가는 계단까지 사람들이 빼곡히 자리하고 있었다. 나는 계단 중간쯤에 자리를 잡고 시작을 기다리고 있었다. 수녀님들이 먼저 노래 한 곡을 부른 후 함께 노래하는 싱어롱 시간으로 이어졌다. 스페인어 가사가 적힌 종이를 나눠 주었는데, 따라 부르려고 애썼지만 실패했다. 그 후 참석자 모두가 '나는 왜 산티아고 순례길을 나섰나'에 대해 짧게 공유하는 시간을 가졌다.

예상치 못한 전개에 당황스러웠다. 내가 왜 산티아고 순례길에 나섰는지 입 밖으로 정리해 말할 자신이 없었다. '뭐라고 말하지? 한국어로도 어려운 내용을 영어로?' 여러 가지 걱정이 동시에 머리를 스쳐 지나갔다. 그저 걷는 것이 좋아서라고 말하는 사람도 있었고, 극단적 선택을 한 따님을 마음에 담고 순례길을 걷고 있다고 말하는 이도 있었다. 그 자리에는 대화를 나누어 보지는 않았지만 낯익은 사람들도 꽤 있었다. 겉으로는 명랑하고 즐거워 보였지만, 내면에는 저마다의 깊은 고민과 이유가 있었다. 그들의 사연을 들으며 여러 번 울컥했다.

내 순서가 되자 목이 잠겨 목소리가 제대로 나오지 않았다. 나는 아주, 아주, 아주 열심히 일하다가 뭔가 잘못되었다는 것을 느껴 순례길에 나섰다고 말했다. 저마다의 이유를 담담하게 나눈 이 시간은 순례길에서 손꼽히게 기억에 남는 순간이었다. 모두의 사연을 들은 후 내 앞에 앉아 있던 한국 중년 신사가 수녀님의 요청에 떠밀려 한국 노래를 멋들어지게 불러 모두의 박수갈채를 받기도 했다. 괜히 내가 뿌듯하고 자랑스러웠다. 순례길에서는 이토록 사소한 것에도 감정이 움직였다.

저녁 메뉴는 딸기를 곁들인 짜장라면이었다. 이 신선한 조합을 음미하며, 아침부터 이어진 완벽한 하루의 대미를 장식했다. 완벽한 주차의 순간을 목격하고, 바벨의 축제 속에서 완벽한 오후를 즐기고, 수녀님들과 함께 한 완벽한 나눔의 시간을 보낸 후 맛보는 완벽한 저녁이었다. 그 속에 완벽한 내가 있었다.

DAY 17

나 여기 있어! 나 좀 챙겨 줘!

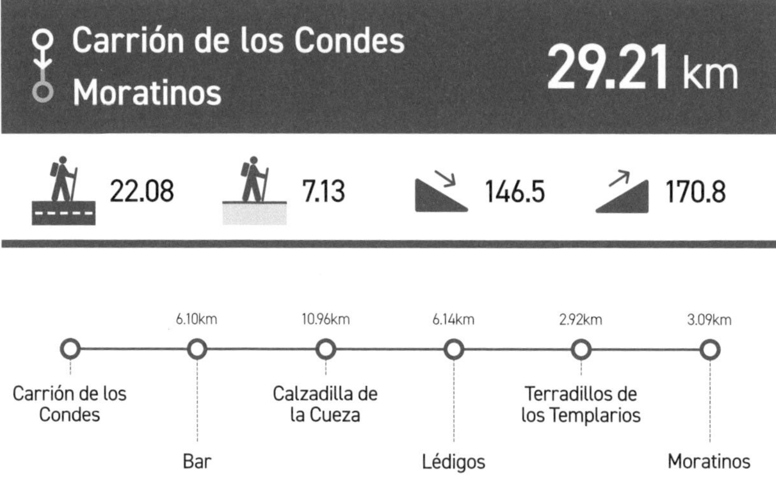

출발 준비를 마치고 휴대폰을 꺼냈다. 평소 같으면 걷는 거리와 속도를 알려 주는 러닝 앱을 켜고 바로 출발했겠지만, 오늘은 달랐다. 오늘 걸을 수 있는 거리 내에 빈자리가 있는 알베르게를 검색했다. 순례길 초반과는 달리 알베르게 예약 사정이 조금 나아졌다는 소식을 들었기 때문이었다.

그런데 정말로 자리가 있었다. 30km 거리의 마을에 빈자리가 떡하니 있는 게 아닌가! "이게 웬 떡이냐!" 싶어 한 치의 망설임도 없이 바로 예약했다. 오늘의 목적지는 그렇게 모라티노스(Moratinos)로 정해졌다.

꼬맹이의 순례길

길을 나서는 내 손에는 비닐봉지 하나가 들려 있었다. 초반 16km 구간에 바가 없다는 귀한 정보를 알려 준 캐나다 교포 부부 덕분에, 어젯밤 유튜브를 보고 정성스럽게 준비한 간식이었다. 그런데 2시간쯤 걷다 보니 푸드 트럭이 보였다. 커피 없이 새벽 4시간을 각오한 터라, 푸드 트럭이 사막의 오아시스처럼 반가웠다.

오아시스에는 꼬맹이가 앉아 있었다. 꼬맹이는 수녀가 되기를 꿈꾸는 대학생이다. 순례길 초반에는 걸음이 느려 새벽 3시에 출발하기도 하며 고군분투하는 모습이 안쓰러워, 만날 때마다 파스나 비타민 C 같은 사소한 것들을 챙겨 주곤 했다. 그녀는 등에 외국 신부님의 사진을 붙이고 순례길을 걷고 있었다. 그 신부님은 가경자 소알로이시오 사제로, 한국전쟁 이후 전쟁고아들의 대부로 알려진 분이라고 했다. 자신은 순례길을 나선 이유의 99%가 종교적인 이유라고 말하며 해맑게 웃던 모습이 떠올랐다.

꼬맹이와 다요 양은 한국의 '까미노 친구들 연합'이라는 카페를 통해 만난 사이라고 했다. 혼자 떠나기가 주저되는 사람들에게는 꽤 괜찮은 방법인 것 같았다. 뜻이 있는 곳에는 언제나 길이 있는 법이다. 꼬맹이가 앉아 있는 테이블에 나도 자리를 잡고 반숙 계란을 꺼냈다. 오늘은 특별히 커피와 오렌지 주스를 곁들인 반숙 계란이 아침이었다. 아이처럼 좋아하며 계란을 반으로 갈라 반숙임을 인증해 주는 꼬맹이의 모습을 보니, 안 먹어도 배가 부르다는 말이 무슨 뜻인지 알 것 같았다.

나는 조금 가벼워진 배낭을 메고 다시 길을 나섰다. 나에게는 별로 필요 없던 선블록 스틱과 햇빛 가리개 마스크가 새로운 주인을 찾아갔기 때문이다. 나의 호의를 흔쾌히 받아 주는 꼬맹이가, 나는 오히려 고마웠다. 내 길보다 훨씬 힘들고 길게 느껴질 그녀의 순례길 끝자락에는 어떤 열매가 기다리고 있을지 궁금하다.

고통에 익숙해진 나

30km 가까이 걷다 보니 오른쪽 정강이가 신호를 보내기 시작했다. 정

강이 통증은 약 일주일 전부터 시작됐다. 심해졌다가 약해지기를 반복했지만, 지난 일주일 내내 나와 함께였다. 다른 순례자들이 물집이나 무릎 통증으로 고생하는 것에 비하면 경미한 통증이었기에, 파스를 붙이는 것 외에는 별다른 조치를 취하지 않은 채 걷고 있었다. 발을 내디딜 때마다 느껴지는 통증에 적응되면서 이제는 견딜 만했다.

고통에 익숙해지는 것은 역경을 극복하는 순례자의 모습처럼 보이기도 하고, 고통의 바다인 인생을 버텨 내기 위해 필요한 덕목을 갖춰 가는 과정 같기도 했다. 나는 그저 순례길이 끝날 때까지 정강이가 잘 버텨 주기를 바랄 뿐이었다. 그런데 '우리는 고통에 익숙해져야만 하는 것일까?'라는 의문이 불쑥 떠올랐다.

생각해 보니, 나는 지난 20년 동안 많은 고통에 익숙해져 있었다. 너무나 당연하게 여겼던 야근과 주말 출근이 만들어 낸 만성 피로, 언제나 절실했던 목표 달성을 위해 상사에게 받았던 다그침, 아내와의 갈등, 그리고 이제는 고통인지조차 모르게 된 꿈의 상실. 고통에 익숙해지니 어느새 그 고통은 내 일상이 되어 버렸다. 그 과정에서 나는 많은 것을 잃었다. 건강을 잃고, 웃음을 잃고, 설렘을 잃었다.

고통을 외면하며 무덤덤하게 견디기만 할 것이 아니라, 그 고통이 내게 전하려는 메시지에 귀를 기울여야 했다. 순례길이 끝날 때까지, 나는 내 몸과 마음의 고통을 진지하게 마주해야겠다. 그리고 그 고통을 통해 내가 진정으로 얻어야 할 것이 무엇인지, 그 답을 찾고 싶다.

나 지금 여기 있잖아, 좀 챙겨 줘!

예약한 알베르게에 2시가 넘어서야 도착했다. 이전 마을인 레디고스(Ledigos)에서 긴 휴식 시간을 가졌기 때문에 도착이 더 늦어졌다. 레디고스에서 맛본 바비큐 꼬치는 정말 일품이었다. 기대 없이 시켰다가 한 입 베어 무는 순간 눈이 번쩍 뜨여 두 개를 더 시키고 맥주도 두 잔을 더 마셨다. 알베르게를 예약한 순례자의 여유를 충분히 만끽한 휴식이었다. 레디고스에서는 바비큐 꼬치를 꼭 드셔 보시길 추천한다.

모라티노스는 아주 작은 마을이었다. 일요일 오후라 문을 연 바도 식료품점도 없어 고요함마저 느껴졌다. 알베르게에 들어서니 세 명 정도의 순례자가 접수를 기다리고 있었다. 일단 무거운 신발을 벗고 슬리퍼로 갈아신은 뒤, 배낭을 풀고 휴식 모드로 들어갔다. 접수대에 있던 주인장 아주머니가 예약자 이름을 확인하는데, 분위기가 심상치 않았다. 여러 번 다시 확인한 후에도 예약자 명단에 내 이름이 없다며 주인장 아저씨를 불러왔다. 나는 그럴 리 없다며 휴대폰으로 예약 완료된 화면을 보여 줬다. 아저씨는 'booking.com'이 오늘 재앙이라며 고개를 좌우로 흔들었다. 자리가 없다고 올렸는데도 시스템 오류로 예약이 접수되었다며 난감한 표정을 지었다.

에스테야에서 입장이 거부되었던 악몽이 떠올랐다. 이미 30km를 걸어 체력도 바닥났고, 주위에 급하게 예약할 숙소도 없었다. 이때 순례길에서는 내가 원하는 것을 얻을 수 있을 거라고 말했던 스페인 청년의 말이 떠올랐다. 나는 물러설 곳이 없었다. 양팔을 벌리고 당당하게 외쳤다.

"나 지금 여기 있잖아! 좀 챙겨 줘! (I am here! Please take care of me!)"

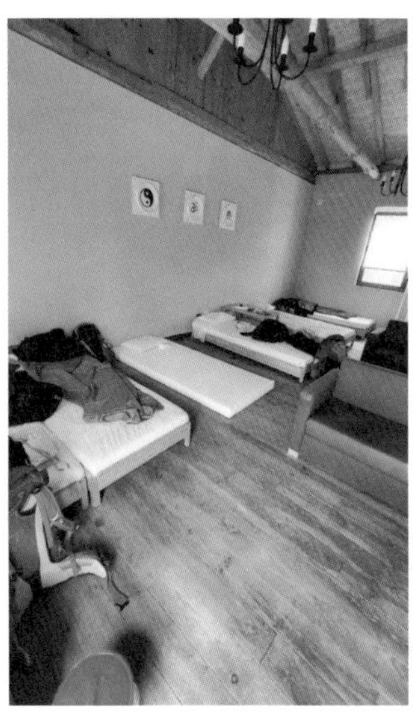

내가 너무 당당하게 외치자 주인장은 당황한 기색이 역력했다. 하지만 손을 턱에 괴고 잠시 생각하더니, 잠깐 기다려보라며 자리를 떴다. 잠시 후 돌아온 주인장이 나를 안쪽으로 안내하며 좋은 소식을 전했다.

"운이 좋으시네요. 간이침대를 마련했으니 오늘 여기에서 묵어도 됩니다."

순례길에서 원하는 것이 있으면, 얻을 수 있다는 말이 현실로 이루어지는 순간이었다. 침대 두 개를 바짝 붙여 마련한 공간에 매트리스를 놓아 내 자리를 마련해 주었다.

알베르게를 운영하는 부부는 이탈리아에서 온 이민자들이었다. 저녁 식사로 제공된 파스타와 피자는 말 그대로 일품이었다. 디저트로는 이탈리아 정통 아이스크림까지 준비되어 있었다. 가족 같은 분위기 속에서 웃음꽃을 피우며 즐거운 시간을 보낸 후 침실로 돌아가 보니, 내 자리를 마련하기 위해 바짝 붙여진 침대는 같은 테이블에서 저녁을 함께한 신혼부부의 것이었다.

"제가 두 분의 침대를 이렇게 가깝게 만들어 드렸네요." 내가 농담을 건넸다.

"까미노 천사시네요. 감사합니다." 그들도 웃으며 받아쳤다.

시스템 오류가 내게 준 기쁨과 고통은 이렇게 해피엔딩으로 마무리되었다.

DAY 18

수십 번, 수천 km를 걷는 당신들은 순례의 달인!

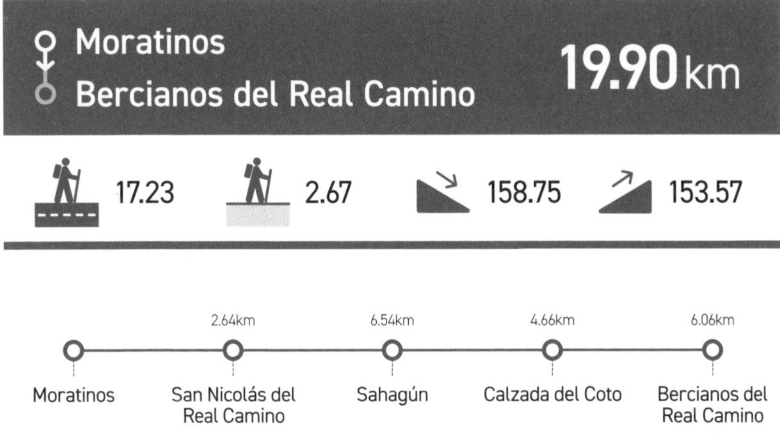

오늘의 목적지는 베르시아노스 델 레알 까미노(Bercianos del Real Camino)다. 어제 겪은 해프닝 때문에 예약하지 않고 공립 알베르게에서 묵기로 결정했다. 알베르게를 나서니 서늘한 새벽 공기가 얼굴을 스쳤다. 요즘 걷고 있는 메세타 평야 지역의 새벽은 유독 춥다. 5월 중순인데도 패딩을 꼭 입어야 하고, 손이 시려 장갑도 필요하다. 패딩을 깜빡하고 챙기지 못했다면 대도시의 데카트론 매장에서 장만하길 추천한다. 새벽에는 패딩이 필수지만, 한낮에는 따가운 햇살을 가려 줄 모자와 선블록이 필요하다. 길 위에서 하루에 사계절을 다 경험하는 셈이다.

길 하나를 선택하면 다른 길은 갈 수 없다

나는 길이 두 갈래로 나뉘는 지점의 표지석 앞에 멈춰 섰다. 산티아고 순례길의 중간 지점을 알리는 조형물을 지난 후, 4시간 동안 혼자 걸은 뒤였다. 길이 두 갈래로 나뉜다는 사실조차 몰랐다. 순례길에 대해 거의 공부하지 않고 무작정 떠난 여행이었다. 미리 공부하지 않으려 노력한 전형적인 P형 순례자였다. 하지만 지금까지는 이상하리만치 운이 좋았다.

나는 표지석을 훑어보며 목적지 마을을 찾고 있었다.

"어느 마을로 가세요?" 옆에 서 있던 외국인 신사가 물었다.

나는 손가락으로 왼쪽 아래에 있는 두 번째 마을을 가리켰다.

"가던 길로 계속 가면 됩니다."

"감사합니다." 나는 한 치의 의심도 없이 그가 알려 준 길로 출발했다. 그가 잘못 알고 나에게 알려 준 것이라면 큰일이었다. 내가 알베르게 예약을 했다면 더 큰일이었다. 그런데 나는 확인도 안 하고 벌써 30분 넘게 걷고 있었다. '어떻게 되겠지, 뭐.' 이곳에서 긍정적으로 바뀐 나를 또 한 번 발견하는 순간이었다. 삐딱하게 주차하고 "PERFECTO!"를 외치던 스페인 아저씨도 이런 변화에 한몫했다.

문득 '길 하나를 선택하면 다른 길은 갈 수 없다'는 당연한 사실이 가슴에 와닿았다. 내 인생에서 했던 몇 가지 중요한 선택이 머리를 스쳐 갔다. 후회되는 선택이 먼저 떠올랐다.

'그때 다른 선택을 했더라면 어땠을까?' 부질없음을 알면서도 한동안 상상의 나래를 펼쳤다.

마을 외곽에 목적지를 나타내는 표지석이 보였다. 그 옆에는 멋진 알베르게가 다리가 아파 절뚝대는 나를 유혹했다. 목이라도 축이며 잠시 쉬어 갈까 하는 마음으로 알베르게에 들어섰다. 계획과는 다른 선택이었다. 그동안 내가 묵었던 공립 알베르게와는 다르게 시설이 무척 좋았다. 독방이 하나 남아 있다는 말도 들었다. 가격은 비쌌지만 묵기로 결정했다. 또 다른 결정이었다. 그 결정이 어떻게 이어질지 그때는 몰랐다.

순례의 달인들

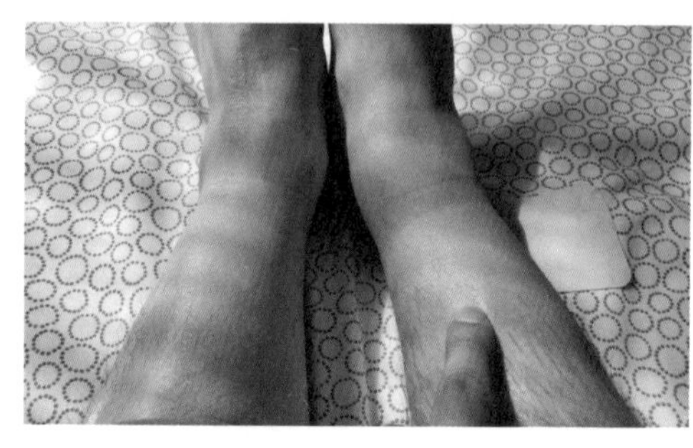

다리를 절뚝이며 샤워와 빨래를 힘겹게 마쳤다. 오른쪽 정강이 앞쪽이 너무 아팠다. 뼈만 있는 곳이라 근육통이 아닌 감염 때문은 아닌지 걱정되었다. 마침 이틀 전 같은 알베르게에 묵었던 약사 노부부가 보였다. 캐나다 교포인 그들은 올해로 열한 번째 산티아고 순례길을 걷고 있다고 했다. 나는 절뚝이며 다가가 내 정강이를 보여 주며 조언을 구했다. 그들은 일단 감염은 아닌 것 같다며 나를 안심시켜 주었고, 타이거 밤(Tiger Balm)을 발라 주었다. 그러고는 알약을 건네며 말했다.

"강력한 진통제예요. 오늘 다른 사람에게 준 세 알 중 한 알을 다시 받아온 거예요. 진짜 아플 때 응급 처방으로 드세요."

나는 진짜 아프다며 바로 진통제를 먹었다. 그들은 병원에서 순례자 여권인 크리덴셜을 보여 주면 의사가 무료로 진료해 준다는 정보도 알려 주었다. 깜빡하고 여행자 보험에 가입하지 못한 나에게는 유용한 정보였다. 감사의 인사를 전하자, 손사래를 치며 방으로 돌아서는 노부부를 보며 그들에게 이 순례길은 어떤 의미일지, 왜 열한 번이나 순례길을 나섰는지 매우 궁금했다. 정강이 통증 때문에 묻지 못한 것이 아쉬웠다.

네덜란드에서 온 프란스와 위도 그리고 나. 이렇게 셋이 한 테이블에 모였다. 프란스와 나는 조금 전 마당에서 담배를 나눠 피우며 긴 대화를 나누다 식당까지 함께 왔다. 혼자 앉아 있던 위도는 우리의 권유에 웃으며 옮겨 앉았다. 이렇게 우리는 순례자 저녁을 위해 한 테이블에 앉았다.

프란스는 심리 상담사로 일하는데, 산티아고 순례길을 어떻게 즐기고 느껴야 하는지 자신의 일과 연계해 공부하면서 테스트하고 있다고 했다. 그는 생장에서 피레네산맥을 넘어 알베르게에 도착했을 때 여권이 없다는 걸 알게 되어 생장으로 돌아갔지만 그곳에서도 찾을 수 없었다고 했다. 집에 전화해 보니 여권은 집에 있었다며 그의 아들이 18시간 동안 차를 몰아 여권을 가져다준 덕분에 순례를 계속할 수 있었다고 했다. 그는 내년에 아들과 함께 포르투갈 길을 걷고 싶다고 했다. 생장에서 소방서 바닥에 매트리스를 깔고 잤던 내 경험담은 그의 강력한 에피소드 앞에서 명함도 못 내밀었다.

이 이야기를 조용히 듣고 있던 위도가 온화한 미소를 지으며 입을 열었다.

"저는 네덜란드에서부터 순례를 시작했어요. 지금까지 약 2,600km 정도를 걸었죠. 1월부터 걷기 시작했으니 4개월 정도 됐네요."

상상도 못 한 이야기에 프란스와 나는 몸을 앞으로 기울이며 그의 이야기에 집중하기 시작했다.

"저는 초등학교 교사였는데, 여자 친구와 헤어진 뒤 인생이 도미노처럼 무너져 내려 공황 상태에 빠졌어요. 한동안 방황하다가 내가 좋아하는 것을 곰곰이 되돌아보니 걷기와 기타였어요. 그래서 무작정 걷기 시작했죠."

대화 내내 위도의 얼굴은 평온했다. 그는 이어서 여러 영적인 깨달음, 불교에 영향을 받아 직접 만든 자기 암시 문구를 수만 번 반복하며 경험한 내면의 변화에 대해 아주 상세히 들려주었다. 그는 앞쪽 정강이 부위도 많이 걸으면 아픈 부위라며, 감염을 걱정하는 나를 안심시켜 주었다. 다른 사람들은 이미 방으로 돌아간 뒤였지만, 우리 셋은 식당에 남아 위도의 이야기를 한참 더 들었다.

오늘 만난 순례의 달인들은 왜 그렇게 먼 거리를 걷겠다고 선택했을까? 내가 만난 인생의 파도보다는 훨씬 커다란 파도를 만난 결과였으리라 짐작만 해 볼 뿐이었다. 그들이 선택한 길과 내가 선택한 길이 만난 오늘은 어쩌면 신의 계획이 아니었을까? 나의 선택으로 내 인생이 만들어지는 것인지, 그 선택마저도 신의 인도에 의한 것인지는 모를 일이었다. 하지만 내가 선택한 길이 나의 길이라는 것을 믿어 보는 수밖에. 오늘 만난 순례의 달인들이 자신의 선택에 흔들림 없는 확신을 가지고 걸어가는 것처럼.

DAY 19

사뿐사뿐 걷는 꼬마들, 뛰어가는 청년, 주저앉은 중년

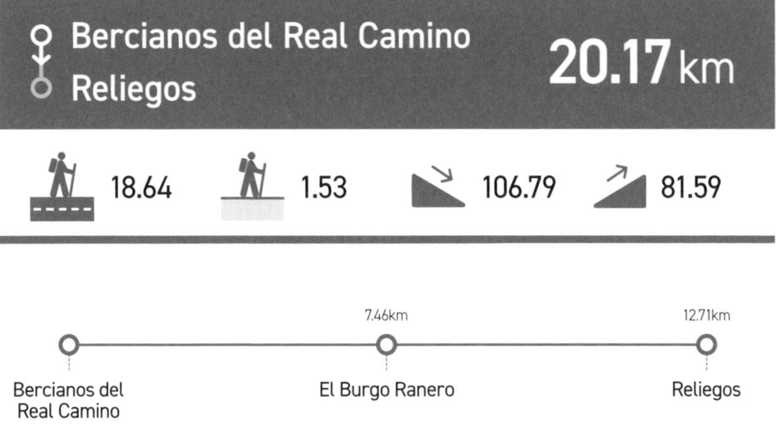

오늘의 목적지는 렐리에고스(Reliegos)다. 거리는 20km로 평이했지만 오른쪽 정강이가 잘 버텨 줄지 걱정스러웠다. 331km가 남았다는 이정표가 보였다. 이정표 뒤로 곧게 뻗은 길은 목적지에 도착할 때까지 같은 모습으로 나를 노려보고 있었다. 메세타 평야 구간이 지루하다며 건너뛰기를 권하는 사람들의 마음을 이해할 수 있었다. 그러나 이 구간은 반드시 걸어 보기를 추천하고 싶다. 나 자신을 만날 수 있는 길이기 때문이다.

뛰어가는 청년

천천히, 그러나 꾸준히! 오늘의 전략이다. 한 걸음 한 걸음 조심스럽게 걸어도, 내 오른쪽 정강이는 여전히 아팠다. 그때, 누군가 아주 빠른 속도로 나를 앞질러 갔다. 빠른 걸음이 아니었다. 키 큰 청년이 큰 배낭을 멘 채로 조깅하듯 뛰었다. 무엇이 급해서 저렇게 뛰어갈까? 저렇게 뛸 수 있는 젊음이 부럽기도 했지만 어쩐지 안쓰러웠다. 나의 젊은 시절이 떠올랐기 때문이다.

나는 아파트에서 사는 것이 싫었다. 그래서 내 집을 짓는 것이 오랜 소원이었다. 하지만 내 집을 짓는다는 것은 하늘의 별처럼 멀리 있었다. 집짓기 관련 책을 읽고, 단독주택 단지를 돌아다니며 구경하고, 땅을 보러 다니는 것은 나에게 그저 10년 넘게 이어 가는 취미 활동이었다. 6년 전, 이런 나를 안쓰럽게 지켜보던 아내가 집짓기에 동의해 준 순간 하늘의 별이 내 손으로 내려왔다. 집 설계를 위해 건축가를 선정했고, 그 건축가는 나와 아내에게 지금까지 어떻게 살아왔는지 정리해 오라는 과제를 내 주었다. 서로의 내용을 보지 말고 자신의 것만 정리해서 따로 제출해야 했다. 설계자가 우리 부부가 어떻게 살아왔는지 이해하고 설계에 반영하기 위한 숙제였다. 우리 부부는 성심껏 정리해서 각자 제출했다. 설계는 잘 마무리되었고, 나는 그 과제에 대해서는 잊고 있었다. 그런데 이후 설계자가 아내가 정리한 내용을 나에게 몰래 보여 줬을 때, 나는 충격에 빠졌다. 나는 결혼 후 신혼 시기까지의 내용이 대부분을 차지하고, 그 후 20년간의 삶이 두세 줄밖에 없었던 것에 반해 아내는 대부분의 내용이 결혼 후 겪었던 내용이었다.

내 머릿속에는 지난 20년이 남아 있지 않았다. 이 사실을 깨닫자 당황스러웠고 슬펐다. 지난 20년을 돌아보면 나는 가리개로 옆을 막고 앞만 보고 뛰어온 경주마 같았다. 매일매일을 전쟁처럼 살면서 무엇을 위해 그렇게 사는지 생각해 본 적도 없었다. 자신을 돌아보며 살았다면 그렇게 살 수는 없었을 것이다. 내가 가야 할 길만 바라보고, 그때의 날씨, 하늘, 느낌, 풍경, 걸어온 길, 옆의 아내는 어땠는지 돌아보지 않은 결과였다.

방금 뛰어서 나를 추월한 청년은 나와 같지 않기를. 아니, 그는 이미 알고 있는지도 모른다. 세상 사람들이 다 나 같지는 않을 테니. 다만 나와 같지 않기를 바라는 것은, 그렇게 뛰어간 길의 풍경이 어땠는지, 어떤 생각을 하며 뛰었는지, 주위에는 어떤 사람들이 걷고 있었는지, 왜 뛰었는지 기억나지 않았을 때 그에게 닥칠 슬픔 때문이다. 내가 그의 슬픔을 걱정하는 것인지, 아니면 그 옛날 내가 놓쳐 버린 기쁨을 안타까워하는 건지 모를 일이었다. 아마 후자인 듯하다. 그의 뒷모습이 순간 과거의 나로 보였으니까.

사뿐사뿐 걷는 꼬마들

꼬마 두 명은 서로 장난을 치면서 재잘대며 걷고 있었다. 부모님은 저만치 앞서 걷고 있었고, 나는 천근만근인 다리를 이끌며 그 뒤를 따랐다. 녀석들의 발걸음은 산책하듯 가벼웠다. 슬쩍 다가가 말을 걸어 봤다. 멕시코에서 온 여덟 살, 아홉 살 형제였다.

"멕시코에서 왔는데 어떻게 그렇게 영어를 잘해?" 내가 물으니, 어깨를 으쓱하며 "우리 스페인어도 잘해요!"라며 엉뚱한 대답을 자랑스럽게 말했다.

"이렇게 먼 길을 걷는 게 힘들지 않니?"라고 묻자, 둘은 고자질하듯 "우리는 하나도 안 힘든데, 부모님은 엄청 힘들어하세요!"라며 힘들어하는 부모님의 흉내를 냈다.

그들의 밝은 얼굴을 보니 문득 궁금해졌다. 이렇게 어린아이들에게 산티아고 순례길은 어떤 의미일까? 어른들에게는 도전과 성찰의 길이지만, 이 형제들에게는 부모님과 오랜 시간을 보낼 수 있는 즐거운 가족여행일지도 모른다. 그들은 현재를 그저 재미있게 즐기고 있었지만, 나는 한국에서 가져온 과거에 대한 후회와 미래에 대한 무거운 걱정으로 힘겨워하고 있었다. 꼬마들에게는 이 순례길이 훗날 어떤 기억으로 남을지 궁금해졌다.

주저앉은 중년

2,600km를 걸어온 위도는 어떤 문구를 반복해서 되뇌었을까? 이 질문은 곧 이렇게 이어졌다.

'나도 걸으면서 반복해서 되뇔 문구를 만들어 봐야겠다.'

제일 먼저 떠오른 문구는 "나는 명랑하다. 나는 친절하다."였다. 며칠 전에 발견한 나의 예전 모습이었다. 이후 고민 끝에 "나는 행복하다."라는 문구를 생각해 냈다. 그 문구는 조금 식상하게 들릴 수 있지만, 나의 바람이었다. 나는 "나는 명랑하다. 나는 친절하다. 나는 행복하다."를 소리 내어 반복하며 걸었다.

저 멀리 키 큰 나무들이 병풍처럼 서 있었다. 드넓은 초원과 경계를 이루며, 일렬로 줄지어 선 나무들은 자연이 만들어 낸 거대한 벽 같았다. 그 나무들이 새로운 세계로 가는 경계처럼 느껴졌다. 빨리 저 경계를 넘어 커피, 맥주, 와인이 기다리는 또 다른 세상으로 가고 싶었다. 하지만 새로운 세계는 쉽게 허락되지 않았다. 오른쪽 정강이의 통증이 점점 심해지면서 걸음이 느려지고 절뚝거림도 눈에 띄게 커졌다. 나를 추월해 가는 사람들마다 걱정스러운 눈빛으로 괜찮냐고 물었고, 나는 애써 괜찮다고 대답했지만 사실은 전혀 괜찮지 않았다. 한계에 다다른 나는 거의 기어가듯이 길가의 벤치에 도착해 짐을 풀고 앉았다. 쉬는 것 말고는 달리 할 수 있는 게 없었다. 아침부터 들고 온 콜라가 유일한 음식이었다. 콜라를 마시며 한참을 쉬었다.

산티아고 순례길에서 처음 겪는 진짜 어려움이었다. 물집 하나 없이 걸어왔던 내가 이번에는 제대로 된 고생을 하고 있었다. 동행도 없으니 신세가 더욱 처량하게 느껴졌다. 그런데 참 우연도 이런 우연이 없다. "나는 행복하다."를 되뇌던 날이 하필 가장 힘든 날이라니.

"지혜가 필요하다고 기도드렸더니, 신은 제게 해결해야 할 문제들을 주셨습니다. 제 기도는 응답받았습니다."라는 영화 대사가 떠올랐다.

'행복을 구하는 나에게 신은 극복해야 할 고통을 주셨나?'

그렇게 생각하니 웃음이 났다. 콜라까지 같이 주신 것은 정말 신의 한 수였다. 콜라 덕분인지 휴식 덕분인지 통증이 가라앉았고, 나는 곧 행복해졌다. 배낭을 다시 메고 일어나 보니 걸을 수는 있을 것 같았다. 다행이었다. 나는 천천히 맥주와 와인이 기다리는 세계를 향해 발을 내디디며 중얼거렸다.

"나는 아이처럼 걷고 싶다. 무거운 짐을 내려놓고, 과거에 대한 후회나 미래에 대한 걱정 없이 현재를 즐기며 사뿐사뿐 걷고 싶다. 순례길에서도, 내 인생의 길에서도."

와인 없는 순례길은 상상할 수 없어요

(No viNo, No camiNo)

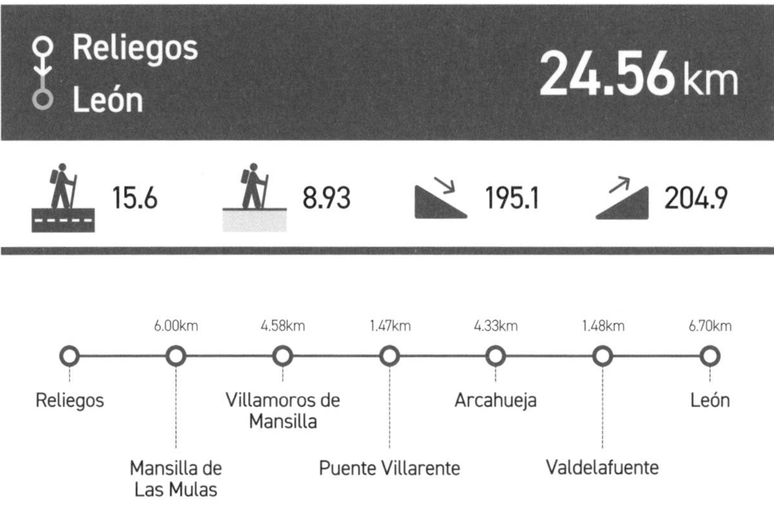

오늘은 레온(Leon)에 도착하는 날이다. 어제저녁, 로리와 킴이 묵고 있는 알베르게 마당에서 와인을 마시며 이런저런 이야기를 나누다 보니, 우리 셋이 함께 걸어 본 적이 없다는 사실을 알게 되었다. 나는 늘 새벽에 출발하고, 로리와 킴은 아침에 출발했기 때문에 시간대가 맞지 않았던 탓이다. 그래서 우리는 오늘 처음으로 함께 걷기로 했다. 세 사람이 함께 걷는 길은 어떨까 하는 기대를 안고 로리와 킴이 있는 알베르게로 향했다. 알베르게에 도착하니, 로리와 킴, 그리고 알렉스라는 몰도바 출신 아저씨가 함께 출발 준비를 하고 있었다. 세 명이 먼저 길을 나섰고, 나는 한 발짝 뒤에서 그들을 따라 레온으로 발걸음을 옮겼다.

길 위의 토론

2차선 길에서는 두 명이, 3차선 길에서는 세 명이 나란히 걸으며 재잘대는 로리, 킴, 그리고 알렉스의 모습은 마치 소풍을 나온 가족 같았다. 뒤따르는 내 얼굴에는 자연스레 미소가 번졌다. 그들의 대화에 끼지 않았지만, 그저 뒤에서 바라보는 것만으로도 충분히 즐거웠다.

"공공장소에서 모유 수유하는 것에 대해 어떻게 생각해요?"

여러 가지 논쟁적인 화제를 던지며 대화를 주도하던 알렉스가 새로운 질문을 꺼냈다. 길을 걸으며 나누기엔 다소 엉뚱한 질문이었지만, 로리와 킴은 진지하게 자신의 의견을 피력했다.

알렉스의 질문은 한 발짝 뒤에서 그들의 대화를 듣고 있던 나를 30년 전 캐나다 토론토의 영어 학원 교실로 이끌었다. 알렉스의 질문처럼 시시콜콜한 주제들이 토론 주제로 나와 투덜거리던 기억이 떠올랐다. 대학원을 졸업하고 군 복무를 마친 후, 사회로 나가기 전 영어를 공부할 마지막 기회라고 판단해 캐나다로 떠난 어학연수였다. 도중에 IMF 금융위기가 터져 급히 귀국하면서 막을 내렸지만, 어학연수라는 선택은 이후 내 인생에 큰

영향을 미친 중요한 결정이었다.

한국에 돌아온 후 취업을 위해 사력을 다하던 시기에 '내가 어학연수를 가지 않고 취직을 했다면 어땠을까?'라는 자문을 수백 번도 더 했다. 내 선택에 대한 후회였다. 하지만 그 선택은 내 인생의 새로운 국면을 열어 주었다. 어렵게 구한 첫 직장에서 아내를 만났고, 영어 실력 덕분에 이후 직장생활에서 많은 기회를 얻을 수 있었다. 순례길을 떠나기로 한 선택 역시 큰 결심이 필요한 선택이었다. 그 결과가 어떻게 이어질지는 앞으로 두고 볼 일이다.

"재현! 당신의 생각은 어때요?"

알렉스의 질문에 나는 다시 길 위로 돌아왔다.

"난 배고픈 걸 못 참거든. 아기도 배고프면 안 되지, 공공장소라도 말이야."

No viNo, No camiNo!

순례길을 걷다 보면 벽의 낙서나 순례 표지판에 누군가가 남긴 문구를 보는 것도 놓칠 수 없는 재미 중 하나이다. 오늘도 모두가 격하게 공감하는 문장을 발견했다.

'No viNo, No camiNo.'

와인이 없는 순례길은 상상할 수도 없다는 뜻이다! 지금까지 거의 매일 한 잔 이상의 와인을 마셨다. 목적지에 도착해서 마시는 와인은 하루의 피로를 잊게 해 주는 마법과도 같았다.

나는 와인에 대해 문외한이라서, 그저 한 잔의 와인을 즐겼지만, 와인에 관심이 많은 사람은 미리 준비만 한다면 순례길에서 스페인 와인을 제대로 즐길 수 있다. 산티아고 순례길 중 리오하 지역은 스페인 와인의 핵심지 중 하나로, 이곳을 지날 때는 리오하 와인의 풍미를 직접 느껴 볼 수 있다. 리오하 지역의 와인은 높은 품질과 다양한 풍미로 전 세계적으로 유명하다. 리오하 지역의 와인을 즐길 수 있는 방법을 간략히 정리했으니 참고하길 바란다.

로그로뇨는 리오하 와인의 중심지로, 다양한 타파스 바와 와인 바가 밀집해 있는 칼레 델 라우렐(Calle del Laurel)에서 현지 와인을 즐길 수 있다. 마르케스 데 리스칼(Marqués de Riscal) 크리안자(Crianza) 와인을 추천한다. 이 와인은 붉은 과일 향과 부드러운 타닌이 특징으로, 차퀘티(타파스)와 잘 어울린다. 바와 레스토랑에서 와인을 주문할 때는 와인 한 잔과 타파스 한 접시를 세트로 시키는 것이 일반적이다.

나헤라에서는 보데가 바론 데 레이(Bodega Barón de Ley) 방문을 추천한다. 이 와이너리는 아름다운 수도원 건물 안에 자리 잡고 있으며, 투어를 통해 와인 제조 과정을 둘러본 후 테이스팅 룸에서 다양한 와인을 시음할 수 있다. 특히 바론 데 레이 레세르바(Barón de Ley Reserva)는 오크와 과일 향이 잘 어우러져 있어, 양고기나 치즈와 함께 즐기기 좋다.

산토 도밍고 데 라 칼사다이 마을에서는 파라도르 데 산토 도밍고 데 라 칼사다(Parador de Santo Domingo de la Calzada)의 레스토랑을 추천한다. 이곳에서는 리오하 그라노 레세르바(Gran Reserva) 와인을 현지 요리인 콩피트를 곁들인 오리 가슴살과 함께 맛볼 수 있다. 와인의 깊고 복합적인 풍미가 요리의 풍미를 한층 더해 준다. 파라도르에서의 식사는 예약이 필수이며, 와인 리스트에서 현지 와인을 직접 고를 수 있다.

하로(Haro)는 리오하 알타 지역의 주요 와인 생산지로, 산티아고 순례길의 전통적인 루트에는 포함되어 있지 않지만, 와인 애호가들에게는 매우 매력적인 곳이다. 하로는 로그로뇨에서 약 50km 떨어져 있으며, 방문하려면 로그로뇨에서 기차나 버스를 이용하면 된다. 하로에 도착하면, 보데가스 라 리오하 알타(Bodegas La Rioja Alta)와 같은 유명 와이너리를 방문하여 투어와 와인 시음을 즐길 수 있다. 많은 와이너리가 미리 예약을 요구하니, 사전에 일정을 잡아 두는 것이 좋다. 또한 하로는 매년 6월 말에 열리는 와인 전투(Batalla del Vino)로 유명하다. 이 시기에 방문하면 독특한 와인 문화 축제를 경험할 수 있다.

고된 노동을 마치고 마시는 술 하면 가장 먼저 떠오르는 것은 막걸리다. 대학 시절 농촌 봉사활동 때 새참과 함께 마셨던 막걸리는 단순한 술 그 이상의 의미를 지녔다. 그것은 땀 흘린 노동에 대한 보상, 말 그대로 '고진감래주'였다. 지금 이 순례길에서 마시는 와인은 그때의 막걸리를 대신하는 존재다. 하루의 긴 여정을 마치고 마시는 와인은 그야말로 하루의 노동에 대한 정당한 보상이다. 그러니 "와인 없는 순례길은 상상할 수 없어요!(No viNo, No camiNo!)"라는 문구는 가슴에 와닿을 수밖에 없었다.

만약 누군가 나에게 순례길에서의 와인에 대해 묻는다면 이렇게 대답할 것이다.

"순례자는 와인을 참을 수 없지. 그 옛날 야곱이 신의 사랑을 전하다 죽음을 맞이한 길 위에서도."

DAY 21

나와 같이 있는 게 재미없지 않아요?

○ León

순례길을 나선 후 처음으로 알람을 맞추지 않고 늦잠을 즐겼다. 구겐하임 미술관 방문을 위해 로그로뇨에서 이틀을 머문 이후, 처음으로 온전히 휴식을 취하는 날이었다. 여정을 돌아보니 발에는 물집 하나 없이 멀쩡했지만, 오른쪽 정강이의 통증이 계속 문제였다. 병원에 가 볼까 했지만, 순례길의 달인 위도의 "처방은 휴식뿐"이라는 말에 공감하며 하루 휴식을 결정했다.

레온의 휴일

눈을 뜨니 로리가 판초 우의를 입고 있었다. 빨래가 마르지 않아 입을 옷이 없어서 속옷도 입지 않고 판초 우의를 걸쳤다고 했다. 그 당당하고 개방적인 모습에 당황스러우면서도 재미있어서, 사진으로 남기고 싶어 포즈를 취해 달라고 부탁했다. 의도한 것은 아니었지만, 찍고 보니 카메라가 알아서 흐릿하게 찍혔다. 그렇게 레온에서의 휴일이 시작되었다.

먼저 아점으로 라면을 끓였다. 로리는 채식주의자였지만, 라면에는 고기가 들어가지 않는다며 설득했다. 어젯밤 파티에 참

석했던 로리는 얼큰한 라면 국물을 마시더니 "아~~"라며 깊은 숨을 내쉬었다. 영락없는 해장하는 아저씨 모습이었다. 해장에 라면만 한 것이 어디 있겠는가? 로리는 한국 라면의 매력에 흠뻑 빠져 국물까지 깨끗이 비웠다. 싫어하면 어쩌나 걱정했지만, 만족한 표정을 보니 다행이었다.

배를 채운 우리는 알베르게를 나섰다. 특별한 목적지는 없었다. 대도시 레온의 오후는 한적하고 조용했다. 가장 먼저 발걸음을 옮긴 곳은 유명한 건축가 안토니오 가우디가 설계한 보티네스 저택(La Casa Botines)이었다. 이 건물은 한눈에 봐도 가우디의 독창적인 스타일이 돋보였다. 건물의 네 모서리에 원형 탑이 솟아 있었고, 각 탑은 뾰족한 첨탑으로 마무리되어 마치 요정의 성처럼 보였다. 한마디로 '가우디스럽다'라는 말로 충분했다. 입장료를 내고 들어가야 했지만, 캐나다 아가씨 로리는 입장료를 내는 것을 좋아하지 않았다. 어쩔 수 없이 1층 기념품 가게만 둘러봤다. 가우디의 건축물들은 대부분 바르셀로나와 카탈루니아 지방에 있는데, 예외적으로

단 세 건물이 다른 지역에 있다고 한다. 하나는 보티네스 저택이고, 또 하나는 앞으로 순례길에서 지나게 될 아스트로가 지방에 있는 주교관 건물인 팔라시오 에피스코팔(El Palacio Episcopal)이다.

다음 목적지는 레온 대성당이었다. 우리는 성당 앞 광장에 있는 바에서 맥주 한 잔을 마시며 시간을 보냈다. 입장 시간이 되자 대성당 입구에 긴 줄이 만들어졌다. 같이 들어가자고 했지만, 로리는 입장료를 내면서까지 들어가고 싶지 않다고 했다. 하긴, 들어가 본들 뭐 하겠는가. 나도 바에 앉아 한가로이 오후를 즐기는 것이 관광객처럼 바삐 사진 찍으러 돌아다니는 것보다 백배는 더 좋았다. 내친김에 게으른 관광객이 되기로 작정하고 맥주와 와인을 더 주문했다.

레온 성당은 13세기 고딕 건축의 정수이며, 스테인드글라스 창문을 통해 스며드는 빛이 예술 작품으로 변신하는 곳으로 알려져 있다. 레온에 가게 된다면 꼭 환상적인 빛을 감상하시라.

로리의 질문

"나랑 같이 있는 게 재미없지 않아요?"

로리가 불쑥 질문을 던졌다.

"전혀 아니야. 나는 오히려 네가 지루해할까 봐 걱정했어."

로리의 질문에 깜짝 놀라 서둘러 대답했다.

사실 나는 로리가 또래 친구들과 어울리는 데 내가 방해되지 않을까 내심 걱정하고 있었다.

"너는 나랑 시간을 보내는 게 지루하지 않아?"라고 되묻지 않았다. 로리의 질문이 나에게는 대답처럼 들렸기 때문이었다. 나는 안도의 한숨을 내쉬었다. 우리는 서로를 배려하고 있었다는 걸 알았다. 로리가 먼저 물어봐 준 것이 고마웠다.

로리의 말 한마디와 나의 안도의 한숨으로, 상대방의 마음을 궁금해하던 연인이 서로의 감정을 확인한 순간처럼 마음의 장벽이 스르르 녹아내렸다. 말로 설명할 수 없는 감정이 교류하는 순간이었다. 우리는 좀 더 열린 마음으로 이야기를 나누기 시작했다. 나는 너무 바쁘게만 지내 왔으며, 지나온 시간을 돌이켜 보니 어리석고 후회된다는 속마음을 고해성사하듯 털어놨다. 로리의 아빠가 나보다 한 살 어리니, 마치 아빠가 딸에게 고백하는 셈이었다. 로리도 자신의 이야기를 들려줬다. 고등학교 졸업 후 간호사로 잠깐 일하다가 영화 공부를 시작했고, 이후 영화 스태프로 2년간 일했다고 했다. 영화판 일은 극강의 극한 직업이라며 힘들었던 순간들을 이야기했다. 다시는 영화판으로 되돌아가고 싶지 않다며 고개를 가로저었다. 로리는 자신의 길을 찾고 있었다. 우리는 어설픈 위로는 하지 않았다. 서로의 이야기를 말없이 듣기만 했다.

레온 광장의 나른한 오후 햇살 속에서, 사람들이 바삐 오가는 가운데 우리 테이블의 시간은 천천히 흘러갔다.

레온의 공룡 부녀

로리의 별명은 다이노서(Dinosaur, 공룡)다. 일주일 전 프로미스타에서 아기공룡 둘리를 닮았다고 내가 붙여 준 별명이었다. 본인은 부인했지만 이후로 그 자리에 있던 친구들은 모두 로리를 '다이노서' 또는 '로리사우르스'라고 불렀다. 오늘은 로리가 내 별명을 지어 주었다. '파파사우르스'

였다. 로리와 나는 이렇게 공룡 부녀지간이 되었다.

우리 공룡 부녀는 남은 오후를 알차게 보내기로 했다. 나는 새 패딩과 유심 칩이 필요했고, 로리는 바디워시가 필요했다. 데카트론은 민생고를 해결하기 위한 최적의 장소였다. 데카트론까지는 꽤 멀었지만 순례자인 우리는 걷기로 결정하고 매장을 향해 출발했다. 잠시 후 로리의 얼굴이 사색이 되었다. 로리의 가방이 없어졌다. 가방에는 여권, 지갑 등 중요한 물건들이 있었다. 로리는 나에게 장난치지 말고 내놓으라며 웃었다. 장난으로 로리의 가방을 숨겨 놓았다가 돌려준 적이 몇 번 있었기 때문에 이번에도 나를 제일 먼저 의심했다. 하지만 이번은 아니었다. 로리가 바 테이블에 가방을 놔두고 떠났고, 다행히 종업원이 가방을 카운터에 보관하고 있었다. 천만다행이었다. 유럽에선 소매치기나 좀도둑이 극성이라고 하지만, 산티아고 순례길에서는 예외였다. 놀란 가슴을 쓸어내리며 다시 출발!

데카트론에서 우리는 영락없이 다정한 부녀 사이였다. 로리는 나에게 어울리는 패딩을 꼼꼼하게 골라 주었고, 나는 로리의 바디워시 향을 같이 맡으며 쇼핑을 도와줬다. 나는 새 패딩이 무척 마음에 들었고, 로리는 바디워시 향이 마음에 든다며 좋아했다. 이제부터 자기 몸에서 좋은 향기가 날 거라고 콧노래를 부르며 엉덩이까지 흔들었다. 유심 칩은 시내의 오렌지 매장에서 구매했다. 100기가에 20유로로 한국보다 훨씬 저렴했다. 유럽 여행을 한다면 현지에서 구입하는 것도 괜찮은 선택이니 참고하시라.

로리가 저녁은 자기만 믿으라며 앞장섰다. 마트에서 재료를 구입해 알베르게 주방에서 익숙한 솜씨로 파스타를 만들었다. 와인, 딸기와 곁들인 저녁은 기대 이상으로 훌륭했다. 여분의 파스타는 다른 순례자들과 나누기도 했다.

긴 여정의 작은 쉼표였던 레온에서의 하루는 로리와 나를 한데 묶어 주었다. 나는 사랑스러운 딸을 얻었고, 로리는 아빠를 얻었다.

DAY 22

ChatGPT의 실수 덕분에 만난 까미노 천사

새벽에 눈을 떠 시계를 보니 4시 20분이었다. 알람은 새벽 5시에 맞춰 두었는데, 충분한 휴식 덕분인지 저절로 눈이 떠졌다. 다시 잠들기에는 남은 시간이 너무 짧았다. 정신을 차리기 위해 건물 밖으로 나가 담배 한 대를 피웠다. 그런데 나는 다시 건물 안으로 들어갈 수 없었다. 야간에는 문이 자동으로 잠긴다는 사실을 깜빡하고 그냥 나왔기 때문이었다. 휴대폰도 침대에 두고 나왔다. 초인종을 눌러 보았지만 아무 대답이 없었다. 나는 꼼짝없이 건물 밖에 갇히고 말았다.

적막한 새벽, 꼼짝없이 서 있으니 한기가 뼛속까지 파고들었다. 패딩을 입어야 할 정도로 쌀쌀했는데, 나는 어이없게도 반바지에 반팔 차림이었다. 문제는 추위뿐만이 아니었다. 곧 5시가 되면 침대에 놓고 온 휴대폰의 알람 소리가 방 안 사람들을 깨울 텐데, 나는 쌀쌀한 바람을 피해 건물 입구 안쪽으로 몸을 숨기고, 누군가 나오기를 기다리는 것 외에는 아무것도 할 수 없었다.

담배가 내게 준 것들

다시 담배에 불을 붙이며, 담배와의 인연을 떠올렸다. 담배로 인한 어려움은 이번이 처음이 아니었다. 미국 오스틴으로 장기 출장을 갔을 때도 비슷한 일이 있었다. 주말에 유학 중인 학교 선배 부부를 방문했을 때, 겨울에 반바지 차림으로 담배를 피우다가 2층 베란다에 갇혔다. 결국 1층으로 뛰어내렸다가 척추 압박골절을 당했다. 이 사건은 이후 회사에서 유명한 일화가 되었다.

하지만 담배가 항상 어려움만 준 것은 아니었다. 새로운 인연을 시작할 때 훌륭한 윤활유 역할을 했다. 순례길에서도 마찬가지였다. 켄을 처음 만났을 때도, "당신이 원하는 것이 있다면 이 길이 줄 거예요."라는 말을 남긴 의문의 스페인 청년, 노숙하며 순례길을 걷던 크리스와 닉, 그리고 순례의 달인과의 만남도 모두 담배를 매개로 시작되었다. 그러니 담배를 미워할 수만은 없었다. 언젠가 담배와의 오랜 애증 관계를 마무리해야 하겠지만, 적어도 이 순례길에서는 헤어질 수 없을 것 같았다.

6시가 다 되어 가서야 2층 방의 불이 켜졌다. 한 시간 반 동안 추위에 떨고 난 뒤였다. 얼마나 반갑던지, 조금이라도 빨리 들어가고 싶어 소리를 질렀지만 아무 대답이 없었다. 얼마 후 한 명이 건물 문을 열고 나왔다. 구세주였다. 방에 올라가니 로리가 막 출발하려고 하고 있었다. 내 휴대폰 알람은 다행히 로리가 꺼 주었다. 사정을 설명하니 로리는 한동안 웃음을 멈추지 못하고 나를 놀렸다.

내가 되고 싶은 나

오늘은 산마틴 델 까미노(San Martin del Camino)까지 24km를 걸어야 한다. 출발 후 두 시간이 조금 지났지만, 오른쪽 정강이가 아프지 않았다. 역시 휴식이 최고의 처방이었다. 혼자 조용히 걷다 보니, 며칠 전에 만들었던 자기암시 문구를 업그레이드해 보고 싶었다.

"나는 명랑하다, 나는 친절하다, 나는 행복하다."라는 문구에 무엇을 추가할지 곰곰이 생각하며 걸었다.

"나는 진실되다, 나는 고요하다, 나는 평온하다."

이것이 내가 새롭게 생각해 낸 자기암시 문구들이었다. 바위처럼 중심을 잡고 주변 환경에 흔들리지 않으며, 평정심을 유지하는 것이 내가 바라는 모습이었다. 자기암시 문구도 외부에서 드러나는 모습에서 내면의 상태로 옮겨 가고 있었다.

내가 원하는 모습을 고민하고 단어로 표현해 보는 것은 새롭고 소중한 경험이었다. 이 문구들처럼 주위 사람들에게 명랑하고, 친절하고, 고요하고, 평화롭고, 진실되며, 그로 인해 행복한 삶을 살고 싶었다. 이 문구를 되뇌며 걷다 보니, '300km 남음'이라는 표지석이 보였다. 어느덧 500km 정도 걸은 셈이었다.

'벌써 이만큼 걸었나?' 하는 생각과 함께 아쉬움이 스쳐 갔다.

ChatGPT와 까미노 천사가 함께 만든 고 여사의 순례 첫날

드디어 목적지인 산마틴의 입간판이 보였다. 오늘은 유경이 합류하기로 한 날이라 특별히 2인실을 예약했다. 유경은 대학 선배의 아내이자 내 후배다. 형수라는 말이 어색해 나는 그녀를 '고 여사'라고 불렀다. 함께한 술자리에서 우연히 산티아고 순례길 이야기가 화제로 올랐고, 안식년을 맞아 시간이 충분한 고 여사가 산티아고 순례길을 가고 싶지만 혼자서는 엄두가 나지 않는다고 했다. 당시 나는 입사 20주년 휴가를 어떻게 보낼까 고민 중이었고, 산티아고 순례길 이야기를 듣자마자 가슴이 뛰기 시작했다. 같이 가자는 지나가는 말로 술자리는 끝났지만, 순례길은 여전히 내 가슴에 불씨로 남아 있었다. 이후 구체적인 일정을 묻는 나의 메신저에 고 여사는 당황했지만, 나는 파리행 비행기표를 먼저 예약하며 배수진을 쳤다. 고민하던 고 여사도 중간에 합류하기로 결심을 굳혔다. 이렇게 나의 산티아고 순례길이 시작되었다. 고 여사는 내 마음에 불씨를 붙여 준 은인이었다.

고 여사는 어제 마드리드에 도착했다. 오늘 기차와 택시를 타고 알베르게로 합류하기로 했다. 기차표를 예매할 당시, 내 위치가 어디일지 정확히 알 수 없어서 사리아(Sarria, 산티아고에서 100km 지점의 도시)행 열차를 예매한 후, 내 위치에서 가까운 역에서 내려 택시를 타고 합류할 예정이었다. 내 위치상 레온이나 아스토르가에서 내리는 것이 적당했다. 기차가 경유하는 도시는 내가 한국에서 ChatGPT를 통해 알아낸 정보를 고 여사에게 전달한 것이었다. 고 여사는 내가 준 정보를 철석같이 믿고 직접 알아보지 않은 모양이었다. 그런데 문제가 발생했다.

"재현 선배, 큰일 났어요! 제가 탄 기차가 레온이나 아스토르가를 거치지 않고 바로 사리아로 간대요!"

전화 넘어 고 여사의 급박한 목소리가 전해졌다. 고 여사는 예약한 기차가 중간에 레온이나 아스토르가에 정차하지 않고, 다른 경로로 사리아까지 가는 기차라는 사실을 타고 나서야 알았다. 비상이었다. 사리아에서 내려 합류하려면 200km를 거슬러 와야 하는 상황이었다. 사리아에는 숙소도 없어, 고 여사 입장에서는 순례 첫날부터 큰 고난이 닥친 셈이었다. 어떻게 해야 하나 고민하고 있는데, 고 여사로부터 전화가 왔다. 다행히 열차 옆자리에 앉은 아주머니가 자기 일처럼 여기저기 알아봐 주고, 내 알베르게 주소를 확인한 후, 조금 멀기는 하지만 자기가 내리는 역에서 내려 택시를 타는 것이 좋겠다고 알려 줬다는 소식이었다. 거기에서 그치지 않고, 자기 집까지 데려가 마음을 진정시켜 주고 택시도 불러 줬다며, 까미노 천사를 만났다고 말하는 고 여사의 목소리에는 안정감과 대단한 무용담을 전하는 듯한 뿌듯함이 담겨 있었다.

저녁 6시가 넘어서야 고 여사가 탄 택시가 알베르게에 도착했다. 택시에서 내리는 고 여사의 얼굴에는 환한 웃음이 가득했다. 우여곡절 끝에 드디어 만났다! 아침에는 내가 건물 밖에 갇혀 한 시간 반을 추위에 떨며 보냈고, 오후에는 ChatGPT에 속은 고 여사가 예상치 못한 어려움을 겪은 험난한 하루였다. 하지만 고 여사의 순례길이 까미노 천사의 도움으로 시작된 만큼, 그녀는 앞으로 어떤 난관이 닥쳐도 이겨 낼 수 있으리라는 굳은 확신을 갖게 되었을 것이다. 내일부터 시작되는 고 여사와 함께하는 나의 산티아고 순례길 3막도 그 믿음으로 무사히 마칠 수 있으리라.

3장

내면과 사유의 순례

: 다시 만난 산티아고, 다시 찾은 나

LOSE YOUR MIND, FIND YOUR SOUL.

DAY 23

두 번째 '처음'

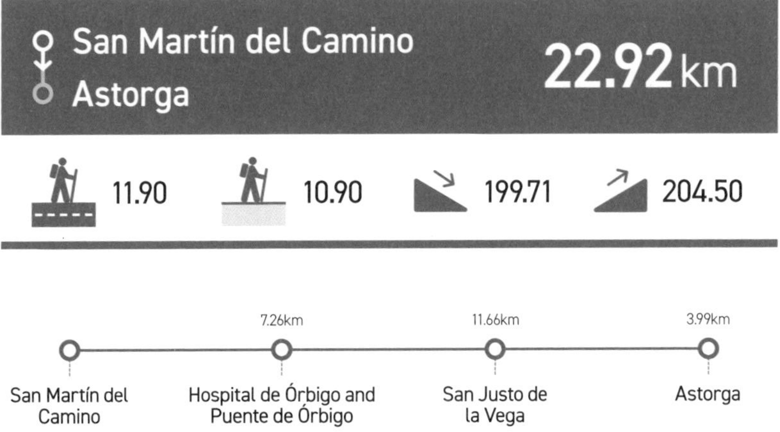

오늘의 목적지는 아스트로가(Astorga), 23km 떨어진 곳이다. 고 여사와 함께 걷는 첫날이다. 나는 그녀를 위해 몇 가지 선물을 준비했다. 그중 가장 중요한 것은 크리덴셜이다. 크리덴셜을 가진 순례자만이 알베르게를 이용할 수 있으며, 레스토랑이나 바에서 순례자 메뉴를 저렴한 가격에 즐길 수 있다. 또한, 순례길에 있는 대성당과 박물관 등의 입장료도 할인받을 수 있다. 이 순례자 여권에는 머문 알베르게나 지나온 성당, 바 등에서 받은 스탬프인 '쎄요(Sello)'를 찍어 자신이 걸어온 여정을 기록하게 된다. 이 기록을 바탕으로 산티아고에 도착해 순례자 증명서를 받을 수 있다. 또 하나 준비한 것은 가리비 껍데기다. 이는 순례자임을 나타내는 표식으로, 보통 배낭에 매달아 자신이 순례자임을 알린다. 마지막으로 준비한 것은 알베르게 예약이었다. 그녀와 만난 첫날인 어제는 단독 방을 빌렸고, 오늘도 목적지인 아스트로가와 그다음 마을의 알베르게를 예약해 두었다. 첫날만큼은 숙소 걱정 없이 여유롭게 걷게 해 주고 싶었다.

두 번째 '처음'

출발을 앞둔 고 여사는 고민이 많았다. 동키 서비스를 이용할 예정이었는데, 무엇을 들고 걸어야 할지 쉽게 결정하지 못했다. 조언해 주고 싶은 마음이 굴뚝같았지만, 며칠만 경험하면 필요한 것이 무엇인지 자연스럽게 알게 될 테니 조용히 지켜보기로 했다. 문득 어두운 소방서에서 조심스럽게 준비하던 나의 순례길 첫날이 떠올랐다. 그때는 피레네산맥을 넘어야 한다는 걱정이 기대를 압도했었다. 불과 이십여 일 전의 일이었지만, 아득한 옛날처럼 느껴졌다.

출발 준비를 마치고 길을 나선 우리. 새 신발에 말끔한 복장, 그녀의 모

습은 단번에 신참 순례자임을 알 수 있었다. 등 뒤로 떠오르는 해를 바라보며 감탄하고, 끝없이 이어진 길을 배경으로 사진을 찍으며, 길옆 십자가 주위 돌무더기에 돌을 얹는 모습까지, 그녀는 순례길 첫날의 나와 다르지 않았다. 하지만 그녀에게는 나와 다른 점도 있었다. 준비 없이 무작정 떠난 나와는 달리, 그녀는 순례길에 대한 유튜브 영상을 섭렵해 웬만한 유명한 장소는 모두 꿰고 있었다. 오르비고(Orbigo)에서는 유튜브에서 본 각국의 화폐와 사진이 전시된 곳을 찾아내며 신기해했다. 화면 속에서 보던 장소를 실제로 마주한 그녀는 아이처럼 좋아했다. '아는 만큼 보인다'는 말처럼, 순례길의 모습은 보는 이의 경험과 시선에 따라 달라질 것이 분명했다.

아침에 첫 바에 도착하자 감기로 고생하고 있는 고등학생 순례자 민기를 만났다. 나는 그에게 조금이나마 도움이 되고 싶어 비타민 C를 건네며 빠른 회복을 빌었다. 내 순례길 블로그를 꾸준히 읽어 왔던 고 여사는 민기를 보자마자 "용서의 언덕에서 라면을 먹던 그 친구구나!"라며 그가 누구인지 알아봤다. 여러 음식과 과일이 준비된 도네이션 카페에서는 한숨 돌리며 여유롭게 휴식을 취했고, 물 마시는 순례자 동상 앞에서는 서로 포즈를 취하며 순간을 기록했다.

누구에게나 첫날이 있듯, 그녀에게도, 나에게도 순례길의 첫날은 있었다. 하지만 나는 오늘 또 다른 '처음'을 맞이하는 기분이었다. 그녀의 설렘과 긴장 속에서 과거의 내 모습을 보았고, 그 순간 나 자신도 초심으로 돌아가는 듯했다. 그녀와 함께 다시 시작되는 이 여정이 어떤 이야기를 만들어 낼지 기대하며, 나는 다시 길 위에 섰다.

새로운 만남

오후 늦게 아스트로가에 도착했다. 도시에 들어서자마자 웅장한 대성당과 그 옆에 자리 잡은 에피스코팔 궁전(Palacio Episcopal)이 가장 먼저 눈에 들어왔다. 에피스코팔 궁전은 동화 속 성처럼 신비롭고 이국적이었다. 좁은 골목길 안쪽에 위치한 알베르게는 2층 나무 바닥의 군데군데 틈 사이로 1층이 보일 정도로 낡아 있었지만, 안쪽에 마당이 있는 아늑한 건물이었다.

로리와 킴이 광장 근처의 바에서 밥을 먹고 있다는 메시지를 보냈다. 고 여사를 소개하기에 더할 나위 없이 좋은 타이밍이었다. 광장에 도착하니 주변에 바가 너무 많았다. "중간에 서 있을 테니 나를 찾아보라"고 메시지를 보냈더니, 돌아온 답에 미소가 절로 지어졌다. "공룡을 보낼게."라는 메시지였다. 로리는 우리 사이에서 '공룡'으로 굳어졌다. 나의 가장 가까운 까미노 친구들과 고 여사가 한자리에 모였다. 고 여사는 영어가 서툴렀지만 특유의 친화력으로 자연스럽게 어울렸고, 로리와 킴도 그녀를 배려해 주었다. 킴은 자기 손바닥에 찍힌 쎄요를 보여 줬다. 도네이션 바에서 쎄요를 거꾸로 들고 크리덴셜이 아닌 손바닥에 찍었다며 스스로를 바보라고 자책했지만, 그녀의 얼굴에는 웃음이 가득했다. 왓츠앱 까미노 단톡방에

고 여사를 추가하며 우리의 첫 만남은 마무리되었다.

고 여사와 나는 가우디의 걸작, 에피스코팔 궁전으로 향했다. 건물 외관은 같은 시기에 지어진 레온의 '까사 보티네스'와 비슷한 느낌이었다. 이곳은 원래 주교궁으로 지어졌지만, 지금은 까미노 박물관으로 사용 중이었다. 순례자에게는 입장료가 단돈 5유로였다. 건물이 너무 화려해서 당시 주교가 사용을 거부했다고 하는데, 내부를 둘러보니 그 심정이 충분히 이해될 정도였다. 가우디 특유의 화려한 기하학적인 문양과 스테인드글라스는 몽환적인 분위기를 자아냈다.

오늘의 순례길은 고 여사에게는 처음이었지만, 나에게도 새롭게 다가오는 첫 순례길이었다. 아침 바에서 마주치는 얼굴들, 더위를 식히며 휴식을 취하는 장소들, 그리고 알베르게에서 만나게 되는 사람들까지 전부 달라

졌다. 내리쬐는 태양조차도 예전과는 다른 얼굴로 다가왔다. 마치 같은 학교를 다니지만, 오전반에서 오후반으로 옮겨 새롭게 적응하는 느낌이라고나 할까. 새로운 여정은 익숙함 속에서 잊고 있던 낯섦을 발견했지만, 그 발견은 늘 나를 다시 시작점으로 이끌었다.

DAY 24

라면 끓여 주는 알베르게와 한국인 신부님

침대와의 싸움

"삐그덕."

새벽 5시, 저절로 눈이 떠져 몸을 일으키자 날카로운 소리가 귀에 걸렸다. 순간 나는 어젯밤 기억에 숨을 죽이고 얼어붙었다. 잠자리에 들었을 때, 이따금 들려오는 날카로운 소리가 신경을 긁어 댔다.

'이게 뭐지? 오래된 건물의 나무 바닥에서 나는 소리일까?'

방 안을 둘러봤지만, 소리가 어디서 나는지 알 수 없었다. 다시 몸을 살짝 움직이자 또다시 그 소리가 났다.

'아, 이 소리는 내 침대에서 나는 거였구나!'

그제야 그 소리가 바로 내 침대에서 나는 것임을 깨달았다. 확인 차 다시 한번 몸을 움직여 봤다. 아니나 다를까, 내 아래에서 여지없이 삐걱거리는 소리가 울렸다. 이쯤 되니, 마치 침대가 '네가 잠들 때까지 내가 너의 움직임을 소리로 기록할 거야.'라고 속삭이는 것만 같았다. 코 고는 소리는 다들 익숙해졌겠지만, 이 날카로운 침대 소리가 다른 사람들을 깨울까 봐 나는 숨소리마저 조심하며 꼼짝도 하지 않은 채 가만히 누워 잠을 청했다.

정신을 차리고 최대한 조심하며 2층 침대에서 내려오는데, 며칠 전 난간이 없는 2층 침대에서 떨어질까 걱정하며 잠들었던 날이 떠올라 옅은 미소가 번졌다. 그때는 중력과 싸웠었지만, 이번엔 소음과의 전쟁이었다. 밤새 잘 참아 준 방 안 사람들에게 감사하며, 오늘 저녁 이 침대에서 잘 사람에게 은근한 동정심과 함께 행운을 빌었다.

달라진 순례길

오늘의 목적지는 라바날 델 까미노(Rabanal del Camino), 20km 거리다. 어둠 속에서 조심스럽게 출발 준비를 하는 것이 익숙하지 않은 고 여사는 긴장을 다스리며 서두르는 모습이었다. 충분히 시간을 들여 준비를 마친 우리는 평소보다 늦게 출발했다. 남은 거리를 표시하는 이정표가 다른 날보다 많이 보였다. 이제 200km대의 이정표가 몇 개 남지 않았고, 2~3일만 지나면 100km대로 바뀔 것을 생각하니 벌써 아쉬운 마음이 들었다. 레온에서 이틀간 머물며 쉬었더니 정강이도 많이 좋아져 걸을 때 통증이 거의 느껴지지 않았다.

입구에 태극기가 걸려 있는 바에 도착했다. 고 여사는 유튜브에서 봤던 곳이라며 연신 카메라 셔터를 눌렀다. 안으로 들어서자마자 주문을 기다리는 긴 줄이 눈에 들어왔다. 이렇게 긴 줄은 처음 보는 광경이어서 당황스러웠다. 혼자 걷고 있었다면 나는 바로 돌아서 다음 마을로 향했을 텐데, 이내 마음을 고쳐먹었다. 앞으로의 순례길에서는 이런 상황을 많이 마주하게 될 것 같았기 때문이었다. 출발 시간이 늦어진 것을 바의 긴 주문 줄을 보고 실감했다. 15분쯤 기다려 오렌지주스, 카페콘레체 그랑데, 그리고 빠따따와 함께 여유로운 아침을 즐겼다. 나의 새로운 순례길의 아침은 이전과는 많이 달라졌다. 좀 더 여유로워졌고, 같이 걷는 일행이 있어서인지 새로운 사람들과의 대화는 줄어들었다.

고 여사와 나란히 걷다가 때로는 내가 앞서 걷기도 하면서, 우리는 길을 함께 걸었다. 걷는 동안의 대화는 이곳에서 만난 다른 사람들과 나누었던 것보다 깊어졌다. 오늘은 돌아가신 부모님과 고 여사의 시부모님에 관한 이야기를 나눴다. 어머니는 10년 넘게 요양원에 계시다가 돌아가셨다. 오랜 시간 어머니가 점점 쇠약해져 가는 모습을 지켜보며 느꼈던 무력감을 처음으로 타인에게 털어놓았다. 고 여사도 시부모님을 병간호했던 경험을 이야기하며, 우리는 중년의 나이에 겪은 힘든 경험을 공유했다. 학창 시절의 추억과는 다른, 새로운 차원의 공감과 유대감을 느낄 수 있었다. 둘이 걸어서 달라진 점은 또 있었다. 신발은 물론이고 양말까지 벗고 중간 휴식을 만끽했고, 사진도 서로 찍어 줄 수 있었다. 나는 이렇듯 달라진 일상을 실감하며 나의 순례길 3막을 만끽했다.

라면 끓여 주는 알베르게

산 중턱에 위치한 알베르게 입구는 고풍스러웠다. 돌로 쌓아 올린 외벽은 세월의 흔적을 고스란히 간직하고 있었고, 커다란 아치형 나무 문은 중세 성문을 떠올리게 했다. 문 위에는 "Albergue El Pilar"라는 글자가 아치 형태로 새겨져 있었고, 옆에는 성 야고보의 조각상이 서 있었다. 조각상 아래에는 "Santo Jacobo, ora pro nobis"라는 문구가 새겨져 있어 이곳이 순례자들에게 단순한 숙소가 아닌 영적인 안식처임을 상기시켰다.

문을 통해 안쪽을 엿보면 중정이 펼쳐져 있고, 그곳에는 빨래를 널어놓고 쉬고 있는 순례자들이 보였다. 알베르게로 들어서자 한국인 단체 순례자들이 눈에 띄었다. 그들은 이미 침대를 배정받은 상태였고, 나는 남은 자리 중에서 선택할 수 있었다. 나는 안쪽 벽면에 위치한 침대를 선택했다.

"가장 좋은 자리를 고르셨네요!" 알베르게 주인장이 엄지손가락을 치켜세우며 환하게 웃었다.

"삐걱거리는 소리만 나지 않으면 저에게는 최상의 자리죠!" 나는 어젯밤 불편했던 침대 이야기를 하며 웃음으로 답했다.

작은 마을이고 일요일이라 알베르게에서 점심을 먹기로 하고 메뉴를 달라고 하니 각국 언어로 된 메뉴판을 내밀었다. 한국어 메뉴판도 있었다. 메뉴판뿐만 아니라 한국 음식도 준비되어 있었다. 라면, 밥, 그리고 김치였다. 라면을 시키니 한국인들만 사용한다는 쇠젓가락이 나와 인상적이었다. 게다가 라면은 한국의 분식집에서 나온 라면이라고 해도 믿을 정도로 맛있었다. 한국 순례자들이 늘어나면서 이렇게 한국 음식을 준비해 주는 알베르게가 늘어나는 것 같다.

알베르게 예약 연습

고 여사는 내일모레 묵을 알베르게를 미리 예약하고 싶어 했다. 나는 순례를 시작하는 고 여사를 위해 내일까지의 숙소는 예약해 두었지만, 그 이후로는 예약하지 않았다. 공립 알베르게에 일찍 도착해 선착순으로 자리를 확보하는 나의 걷는 방식이 고 여사에게는 부담이 된 것 같았다. 그래서 나는 그녀에게 연습 삼아 직접 예약해 보라고 권했다. 잠시 휴대폰과 씨름하던 고 여사가 적당한 거리의 마을에는 빈자리가 없다며 혼잣말처럼 내뱉는 말을 듣고 나는 미소를 지었다.

"이래서 사람들이 선배처럼 아침 일찍 예약도 없이 그냥 가나 봐요."

예약 앱으로 자리를 확보하는 데 실패했으니 이제는 다른 방법을 시도할 차례였다. 검색 범위를 30km까지 넓혀 보니 예약 앱에는 나오지 않지만, 자리가 100개 정도 있는 큰 알베르게를 발견했다. 이 알베르게는 전화

나 이메일로만 예약을 받는 곳이라 혹시나 하는 마음에 전화를 걸어 보니 자리가 있었다. 2단계에서 자리를 확보하는 데 성공했다.

고 여사는 대단하다며 기뻐했고, 나는 잠시 선배 순례자로서 어깨가 으쓱해졌다. 나중에 알고 보니 그 알베르게는 바로 〈스페인 하숙〉을 촬영했던 유명한 장소였다. 순례길에서의 운이 아직 나를 떠나지 않았음을 새삼 느꼈다.

한국인 신부님

나는 알베르게 입구 테이블에 앉아 와인 한 잔을 곁들여 일기를 쓰며 미사에 참석한 고 여사를 기다렸다. 미사가 끝난 후 돌아온 고 여사는 밝은 목소리로 이 마을에 한국인 신부님이 계신다고 전했다. 신부님은 미사 중에 한국인들이 순례를 경주하듯이 하는 경향이 있다며, 그보다는 자기 내면을 들여다보며 천천히 걸어 보라고 말씀하셨다고 했다. 그 말을 듣고 마치 나를 겨냥한 듯한 충고에 가슴이 뜨끔했다. 고 여사는 이어 성당 이야기도 전했다. 성당은 화려한 건물이 아니라 한쪽 귀퉁이가 무너져 보수가 필요할 정도로 소박했지만, 그곳에서의 미사는 정말 좋았다고 했다. 고 여사의 표정을 보니 그 미사가 얼마나 깊은 울림을 주었는지 알 수 있었다. 머나먼 이국땅에서 한국 신부님을 만난 순례자들은 마음의 위안을 느꼈던 것 같았다. 나는 가톨릭 신자는 아니었지만 소중한 기회를 놓친 것 같아 무척 아쉬웠다.

태극기가 걸린 바에서 아침을 먹고, 한국 신부님이 계신 마을에서 김치와 함께 라면을 쇠젓가락으로 먹으니 스페인의 작은 마을 라바날 데 까미노가 한국처럼 느껴졌다. 침대에 누우니 저녁에 알베르게 식당에서 새어 나온 단체 순례자들의 삼겹살 굽는 냄새가 아직도 코끝에 맴도는 듯했다. 역시 대한민국의 향기 중 삼겹살만큼 고향을 떠올리게 하는 것도 없으리라. 스페인의 한가운데서도 이렇게 진하게 스며드는 한국의 맛과 냄새에 행복한 미소를 지으며 눈을 감았다.

DAY 25

철의 십자가에서 흘린 헨나의 눈물과 내 마음속의 돌멩이

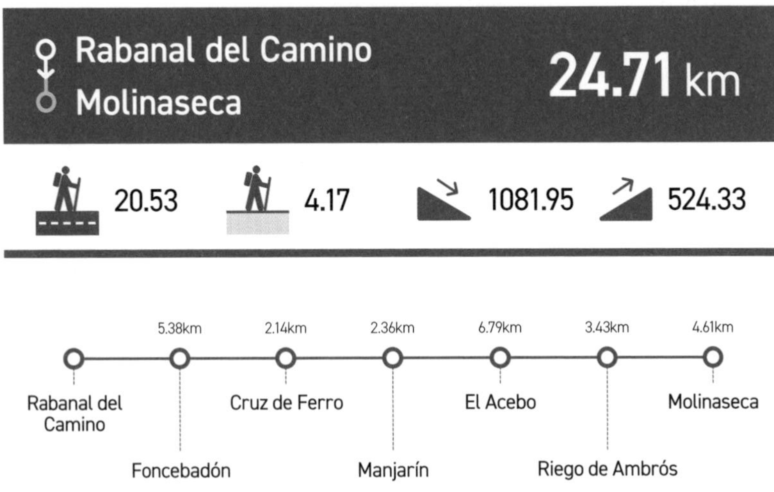

오늘은 유명한 '철의 십자가'를 만날 수 있는 날이다. 오늘의 도착지는 몰리나세카(Molinaceca)로, 25km 거리다. 철의 십자가를 지나면 험난한 내리막길이 이어지는데, 이 구간은 '내리막 지옥길'로 알려져 있어 많은 사람이 동키 서비스를 신청한다. 하지만 나는 아직 한 번도 배낭을 남에게 맡긴 적이 없기에, 오늘도 끝까지 직접 책임지기로 했다.

내 마음속 돌멩이

높은 돌무더기 위에 우뚝 솟아 있는 십자가는 유명세에 비해 규모는 크지 않았지만, 그 자체로 깊은 인상을 남겼다. 이 십자가는 중세 수도사들이 순례자들을 위해 세운 것으로, 이후 순례자들이 고향에서 가져온 돌을 내려놓으며 마음의 짐을 덜어내는 전통이 생겨났다고 한다. 돌무더기와 함께 쌓인 수많은 이야기들이 오늘날 철의 십자가를 더욱 특별한 장소로 만들었다. 십자가 주변에는 이미 많은 사람이 모여 있었고, 차례를 기다리며 줄을 서서 사진을 찍고 있었다.

'내 마음의 무거운 짐은 과연 무엇일까?' 철의 십자가 앞에 서서, 나는 그 질문을 떠올렸다. 사람들은 이곳에 돌을 놓으며 자신이 짊어지고 온 삶의 무게를 내려놓는다. 나 역시 손에 쥔 작은 돌 하나에 그동안 나를 짓눌러 온 무언가를 담아 이곳에 내려놓고자 했다. 하지만 그 무게가 무엇인지, 그 정체가 무엇인지조차 분명하지 않았다. 다큐멘터리에서 보았던, 사랑하는 사람을 잃은 이들의 강렬한 슬픔과는 달랐다. 조금은 희미하고 복잡한 감정들이었다. 그것은 지난 20년간 내가 선택했던 삶의 방식에 대한 아쉬움과 후회였다.

이 순례가 끝나면 나는 어떤 사람이 되어 있을까? 극적인 변화는 없을 것이라는 것을 나도 잘 안다. 하지만 매일 걷는 동안 스쳐 갔던 생각들과 느꼈던 감정들을 소중히 기억하고 싶다. 그 기억들이 쌓여, 내 안에 차곡차곡 자리 잡아 나를 조금 더 명랑하고, 평화롭고, 고요하고, 진실하며, 행복한 사람으로 만들어 주기를 바랐다. 철의 십자가 아래 돌을 내려놓으며, 나는 마음속으로 조용히 기도했다.

'내가 매 순간을 조금 더 진실하고 평온하게 살아 낼 수 있기를, 그리고 조금은 더 행복해질 수 있기를. 그리고 이 길이 끝날 때쯤, 나는 지금보다 조금 더 나아진 사람이 되어 있기를.' 그것이 이 여정에서 내가 얻을 수 있는 가장 소중한 선물일 테니까.

헨나의 눈물

본격적인 내리막이 시작되기 전, 푸드트럭이 우리를 맞이했다. 고 여사와 나는 미리 준비해 온 삶은 계란, 오렌지 주스, 그리고 커피로 아침을 즐겼다. 저 멀리서 헨나가 천천히 다가왔다. 푸드트럭을 향하는 그녀의 얼굴은 상기되어 있었다. 나는 두 팔을 벌려 그녀를 반겼다. 나는 그녀가 철의 십자가 근처 구석에서 헤드폰을 쓰고 울타리에 기대어 땅에 앉아 눈물을 흘리는 모습을 보았다. 하지만 혼자만의 시간이 필요할 것 같아 발걸음을 돌렸다. 뭔가 특별한 일이 그녀에게 일어났을 것 같아 조심스럽게 물었다.

"헨나! 철의 십자가에서 눈물을 흘리고 있는 것을 봤어. 무슨 일이 있었던 거야?"

그녀는 자신이 경험한 일을 차분히 들려주었다. 헨나는 철의 십자가 앞에서 한 여성을 만났다. 그 여성은 자살로 생을 마감한 딸을 위해 순례길을 나섰다고 말했다. 그녀는 젊은 여성들에게 그들이 신의 자녀이며, 어떤 일이 있어도 신의 사랑을 받고 있음을 전하는 것이 자신의 사명이라고 말하며 헨나에게 펜던트를 건네주었다. 그 순간, 헨나는 어린 시절에 잃었던 아버지가 그 순간 그녀와 함께 있는 듯한 강렬한 감정을 느꼈다고 말했다. 그녀의 아버지는 이미 오래전에 세상을 떠났지만, 이 펜던트와 함께 전해진 말은 헨나에게 아버지가 여전히 그녀를 사랑하고 있음을 상기시켜 주었다.

hennaperegrina I'm at awe of what just happened.

At Cruz de Ferro, a woman came to me. She told me that her daughter had died of suicide, and her mission here is to tell young women, that they are the Children of God. She gave me this piece of jewellery, and told me, that "no matter what has happened in your life, your Father loves you."

This is the most beautiful and emotional thing that has happened in my life. It is like my father wanted me to come here, and say to me, He is with me all the way. My father passed away when I was a child. I haven't been able to cry for three years. This opened the channels.

I am grateful for this moment. God Bless You All 🤍.

3년 동안 눈물을 흘리지 못했던 그녀는 그동안 억눌려 있던 감정의 수문이 열리며, 그 자리에서 눈물을 쏟아 냈다. 이 눈물은 단순한 슬픔이 아니라, 그녀의 내면 깊숙이 숨겨져 있던 상처와 그리움, 그리고 아버지의 사랑을 다시금 느끼게 해 준 치유의 눈물이었다.

헨나는 이 경험이 자신의 삶에서 가장 아름답고 감동적인 순간 중 하나였다고 말했다. 마치 아버지가 그녀를 이곳으로 인도해 끝까지 함께하고 있음을 알려 주는 것 같았다고 했다. 이 순간은 그녀의 감정의 문을 열어 주었으며, 오랫동안 닫혀 있던 마음을 치유해 주었다.

안정적인 순례자

차가운 물에 발을 담그는 순간, '지옥의 내리막길'에서 쌓였던 고통이 스르르 녹아내리는 듯했다. 끝도 없이 이어진 뾰족한 바위들 사이로 발이 닿을 때마다 신경이 곤두섰고, 무릎에 전해지는 압박은 왜 이곳을 '내리막 지옥'이라 부르는지 절실히 깨닫게 했다.

몰리나세카 강변의 레스토랑 옆, 우리는 차가운 수로에 발을 담근 채 시원한 맥주를 한 모금 들이켰다. 오늘의 고난을 무사히 이겨 낸 우리 자신이 조금은 대견하게 느껴져, 조용히 자축했다. 특히 무릎과 발목이 좋지 않은 고 여사에게 오늘의 순례길은 꽤 고된 여정이 될 것임을 걱정했지만, 이탈리아 청년과 미소 가득한 얼굴로 이야기를 나누며 '내리막 지옥길'을 천천히 내려오는 그녀를 봤을 때 괜한 걱정을 했구나 싶었다.

음식이 나오자, 고 여사는 진지한 얼굴로 나를 바라보며 무언가 말하고 싶은 표정을 지었다.

"남은 일정의 알베르게를 모두 예약하는 게 어때요?" 그녀가 조심스럽게 제안했다.

고 여사가 합류하기 전까지, 나는 공립 알베르게에 주로 머물며 별다른 예약 없이 걸어왔다. 그러나 그녀와 함께한 며칠은 적응 기간이라 보고 숙소를 미리 예약해 두었고, 내일까지만 예약이 되어 있었다. 아침 일찍 출발해 하루 종일 걷는 것도 힘든데, 도착할 때까지 숙소가 확정되지 않은 상황이 고 여사에게는 큰 부담이었던 듯하다. 게다가 걸음이 느리니 마음속으로 더 많은 걱정을 했을 것이다. 나는 고 여사의 제안에 흔쾌히 동의했다.

우리는 하루에 걸을 거리를 대략 예상해 예약을 시작했다. 다행히도 순례길 후반부라 예약은 예상보다 수월했다. 단 하나의 숙소를 제외하고 모든 예약이 금세 완료되었다. 유일하게 예약이 안 된 곳은 오세브레이로(O Cebreiro)였는데, 그곳은 산꼭대기에 단 하나의 공립 알베르게가 있는 마을이었기 때문에 예약을 할 수 없었다. 그때는 몰랐다. 그 알베르게 때문에 고 여사가 눈물을 흘리게 될 것이라는 사실을. 나는 산티아고에서 파리로 가는 비행기표도 예약하기로 했다. 파리에서 아내와 만나 관광을 할 계획이었기 때문에 날짜를 정확히 맞춰야 했다. 생소한 항공사였지만 비행기표 예약도 생각보다 어렵지 않았다. 이제 모든 준비가 끝났다. 이제부터 우리는 목적지를 향해 보다 안정된 마음으로 걸어갈 수 있는 순례자가 되었다.

알베르게로 돌아가는 길에 체리를 파는 노점상을 발견했다. 1유로에 비닐봉지가 묵직해지도록 담아 주었다. 하나씩 입에 넣으며 걷고 있을 때, 아기곰 부부로부터 손에 든 체리 사진이 날아왔다. 길가 체리나무에서 체리를 따 먹은 모양이었다. 내가 비닐봉지에 담긴 체리 사진을 보내 주자, 돌아온 답장이 걸작이었다.

"이 정도면 절도 아닙니까? 감방행인데?"

아기곰 부부 덕분에 우리는 다시 한번 크게 웃으며 하루를 마무리할 수 있었다.

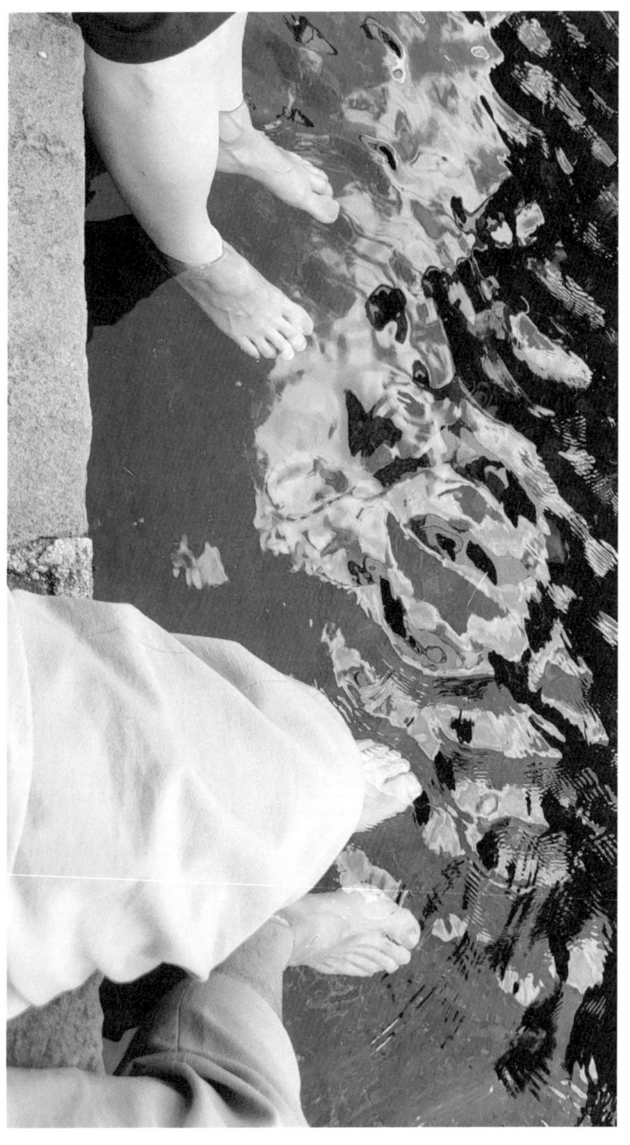

DAY 26

스페인 하숙에서 흘린 고 여사의 눈물

오늘은 빌라프랑카 델 비에르소(Villafranca del Bierzo)까지 약 32km를 걸어야 한다. 20km 내외의 적당한 거리에 있는 숙소는 이미 예약이 꽉 차 어쩔 수 없이 조금 먼 곳의 알베르게를 예약했다. 예약할 당시에는 단지 거리가 좀 멀다는 느낌뿐이었는데, 나중에 알고 보니 그곳이 차승원과 유해진이 출연한 〈스페인 하숙〉이 촬영된 알베르게였다. 기대감이 생기기도 했지만, 동시에 이 먼 거리가 고 여사에게 무리가 되지 않을까 하는 걱정도 들었다.

특권을 가진 자들만의 씨에스타

출발한 지 5시간이 지난 오전 10시. 평소 같으면 이미 목적지에 도착했을 시간인데, 오늘은 어림도 없었다. 대화는 줄어들었고, 걷는 것이 점점 힘들어졌다. 나는 "나는 명랑하다, 친절하다, 고요하다, 평온하다, 진실되다, 행복하다."라는 자기암시를 되뇌며 걸었다. 잠시나마 고통을 잊고 걷기에 집중할 수 있었다. 하지만 오후 1시가 넘자 따가운 햇볕을 견디기가 더욱 어려워졌다. 옆을 보니 고 여사의 걸음이 힘겨워 보였다. 무릎과 발목이 아픈 것을 참고 있는 게 분명했다. 8시간째 걷고 있으니 아프지 않은 것이 오히려 이상할 정도였다.

이제는 목적지에 도착해 점심을 먹는 것은 무리였다. 오후 3시가 다 되어 작은 바에 자리를 잡고 늦은 점심을 먹었다. 음식보다도 제대로 된 휴식이 절실했다. 꿀맛 같은 점심과 휴식을 마친 후 계산하려고 카드를 내밀었는데, 기계가 작동하지 않았다.

"지금이 씨에스타 시간이어서 기계도 쉬는 모양이네요."

나는 분위기를 부드럽게 하려고 농담을 던졌다. 그런데 돌아온 대답은 예상 밖이었다.

"씨에스타는 특권을 가진 사람들만 누리는 거죠."

내 농담이 진지하게 받아들여진 것 같아 순간 머쓱해졌다. 스페인에서는 씨에스타가 모두에게 당연한 권리라 믿었는데, 현실은 그렇지 않은 모양이었다. 바를 떠나 걷는 내내 그 말이 머릿속에서 떠나지 않았다. 그렇다, 모두가 당연하게 누리는 것은 없었다. 모두가 잠들어 있는 시간에도 누군가는 물건을 배달하고, 명절에도 누군가는 일하고 있었다. 내가 누리고 있는 모든 것이 누군가의 노력 덕분이라는 사실을 잊고 있었던 것이다. 그 순간 당연한 것은, 내가 내딛는 발걸음만큼만 앞으로 나아갈 수 있다는 것뿐이었다. 힘겹게 걸음을 옮기는 우리를 응원이라도 하듯, 길가의 입간판에 “현재를 즐겨!(Enjoy the Now!)”라는 글귀가 보였다. 그 글귀를 보며, 나는 중얼거렸다.

“나도 지금을 즐기고 싶어!”

스페인 하숙

한차례 소나기를 맞으며 우여곡절 끝에 알베르게에 도착했을 때는 이미 오후 4시가 훌쩍 넘어 있었다. 순례길을 시작한 이후로 가장 오래 걸은 날이었다. 이곳은 과거 수도원이었던 건물을 개조해 호텔과 알베르게로 운영하는 곳이었다. 건물이 워낙 웅장해 내가 예약한 알베르게가 맞나 싶을 정도였다. 한참을 기다린 끝에 배정받은 방은 지금까지의 알베르게와는 전혀 달랐다. 복도처럼 긴 공간에 침대들이 일자로 배치되어 있었고, 한쪽 벽을 가득 채운 창문을 통해 중정이 내다보였다. 수도사들이 생활했을 법한 고즈넉한 분위기가 느껴지는 특별한 공간이었다.

헨나는 와인을 개봉한다며 마시러 오라는 문자를 보냈고, 아기곰 부부는 노점에서 파는 뽈뽀가 최고라며 위치를 알려 줬지만, 우리는 우선 샤워와 빨래를 해결해야 했다. 그러나 늦은 시간이라 햇볕에 빨래를 말리기는

어려웠다. 큰맘 먹고 이용한 건조기는 고장이 났는지 젖은 빨래만 그대로 뱉어 냈다. 어쩔 수 없이 빨래는 햇볕에 말려야 했다. 늦은 오후의 뒷마당에는 건물에 가려 조각 난 햇볕만 비치고 있었다. 빨래마저도 전쟁이었다. 이처럼 오후 늦게 도착한 순례자에게 주어진 시간은 많지 않았다.

뒷마당으로 나가는 출입문은 나중에 알고 보니 〈스페인 하숙〉 포스터 촬영지로 유명한 장소였다. 고 여사는 내가 그 문을 나오는 순간을 기가 막히게 사진으로 담아 주었다. 같은 장소, 다른 느낌이지만, 두 장의 사진을 비교하며 감상해 보시라.

고 여사의 눈물

"내일 하루만 택시를 타고 이동하는 게 어때?"

내 말 한마디에 고 여사의 눈에서 눈물방울이 맺혀 뚝 떨어졌다. 고 여사와 단둘이 앉아 있는 저녁 테이블에 찰나의 정적이 흘렀다. 나는 고 여사의 갑작스러운 눈물에 당황해 어찌할 바를 몰랐다. 내일의 목적지는 오세브레이로(O Cebreiro)였다. 해발 1,300m에 위치한 산꼭대기 마을로, 예약을 하지 못했기 때문에 선착순으로 공립 알베르게의 빈자리를 확보해야 했다. 하지만 오늘의 속도로 걸으면 알베르게에 자리를 확보하는 것은 거의 불가능해 보였다. 그래서 나는 고 여사에게 내일은 혼자 택시를 타는 것이 어떻겠냐고 제안했다.

나는 그동안 순례길에서 힘든 구간을 버스나 택시로 이동하는 순례자들을 많이 봐 왔기에, 택시를 타는 것을 특별한 의미가 없는 자연스러운 선택으로 여겼다. 하지만 돌아보니, 그 제안이 그녀에게는 걸음이 느리니 혼자 가라는 뜻으로 들렸을지도 몰랐고, 그로 인해 서운함이 컸던 것 같았다. 또한, 택시를 타는 것은 그녀에게 순례길에 흠집을 내는 일처럼 느껴졌을지도 모른다. 결국, 아침에 함께 걸어 본 뒤 상황을 보고 중간에 택시를 타기로 이야기를 마무리했다. 나는 그녀가 이 순례길을 두 발로 완주하려는 마음이 얼마나 깊은지를 헤아리지 못한 것이 미안했다.

주문한 음식은 형편없이 맛이 없었고, 우리의 저녁 식사는 고 여사의 눈물과 남겨진 음식으로 조용히 마무리되었다.

달밤의 샴페인

우리는 샴페인을 들고 어두운 알베르게 안에서 조심스레 발걸음을 옮겼다. 아기곰 부부의 환송 파티를 위해 준비한 샴페인이었지만, 그들의 감기 몸살로 인해 자리가 무산되면서 고 여사와 나는 둘만의 샴페인 파티 장소를 찾고 있었다. 한참을 헤매다가 알베르게 중앙에 있는 정원으로 이어지는 문을 찾아냈다. 무거운 문을 여는 순간, 우리의 입에서 가벼운 탄성이 흘러나왔다.

정원은 고풍스러운 수도원 건물로 둘러싸여 있었고, 외부 세계와 완전히 단절된 비밀의 장소처럼 느껴졌다. 정원의 모습은 신비롭고 고요했으며, 마치 시간을 초월한 공간에 들어온 듯한 기분이 들었다. 어둠 속에서 보름달이 부드럽게 미소 짓는 듯 온화한 빛을 정원에 내려 주고 있었다. 달빛에 은은하게 물든 정원은 마치 수도사들의 숨결이 여전히 남아 있는 듯했다.

우리는 샴페인이 담긴 종이컵을 부딪치며 그 순간을 함께 나눴다. 우리를 적셔 주던 달빛, 바람, 그리고 샴페인 향은 잊을 수가 없다. 갑작스러운 박쥐의 출현으로 급히 마무리되었지만, 그 순간은 내 순례길의 보석 같은 시간으로 남아 있으며, 고 여사의 눈물을 어루만져 주기에 부족함이 없었다.

DAY 27

똥밭 등산과 샴페인

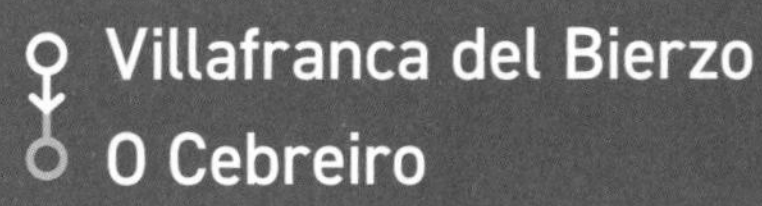

28.79km

 4.13  24.66  402.00  1162.00

어두운 알베르게를 홀로 나섰다. 어제 눈물을 보였던 고 여사는 결국 택시를 타기로 결정했다. 오늘의 목적지는 해발 1300m 산꼭대기에 자리한 오세브레이로(O Cebreiro)였다. 28km를 걸어야 했다.

출발하며 지도를 확인하려고 휴대폰을 보니 인터넷이 연결되지 않았다. 아마도 유심의 기한이 만료된 듯했다. 레온에서 새 유심 카드를 구입하고

도 아직 교체하지 않은 탓이었다. 누구를 원망하겠는가. 지도의 도움 없이 씩씩하게 출발!

열린 문 뒤의 인연

10km쯤 걸어 도착한 첫 마을에서, 나는 초조한 마음으로 여러 건물을 기웃거리며 종종걸음을 쳤다. 우선 급히 생리 현상을 해결할 장소를 찾아야 했고, 두 번째로는 어떻게든 이 마을에서 아침을 해결하고 싶었다. 다음 마을까지 거리가 13km나 된다는 표지판을 확인했기 때문이었다. 그때 한 건물 안에서 대화 소리가 들려왔다. 반가운 마음에 커다란 나무 문을 열고 들어섰다. 그러나 그곳은 기대와 달리 바가 아니라 알베르게였다. 알베르게에 묵은 순례자들이 아침을 먹으며 나누는 대화 소리였다. 아쉬운 마음에 몸을 돌려 나가려던 찰나, 며칠 전 함께 걸었던 사람이 눈에 들어왔다. 우리는 눈이 마주쳤다.

나는 그의 이름을 머릿속에서 떠올리려고 안간힘을 썼다. 평소에 이름을 잘 기억하지 못하는 나로서는 며칠 전 한 번 마주친 사람의 이름을 기억하는 것이 거의 불가능에 가까웠다. 하지만 나는 그 어려운 일을 해냈다.

“알렉스? 알렉스 맞죠? 우리 레온으로 출발하는 날 같이 걸었죠?”

그날, 알렉스는 자기 이름을 한글로 써 달라고 부탁했고, 나는 냅킨 위에 그의 이름을 정성스럽게 한글로 적어 주었다. 알렉스는 그 냅킨을 기념품으로 소중하게 간직했고, 그 덕에 나는 그의 이름을 기억해 낼 수 있었던 것 같다. 알렉스도 나를 기억했다. 자연스럽게 나는 알렉스가 앉아 있는 테이블에 합류했고, 알베르게 주인장은 말없이 커피와 빵을 내왔다. 알렉스는 유럽의 몰도바 출신이었다. 우리는 한동안 유쾌한 대화를 나누었다. 커피 한 잔을 더 청해 마시고, 다음 목적지에 예약이 되어 느긋한 알렉스를 뒤로하고 알베르게 주인장에게 돈을 치르려고 하자, 까미노 친구에게 돈을 받을 수 없다는 듯 손사래를 치는 주인장의 모습에, 나는 다시 한번 까미노가 다른 세계임을 실감했다.

그 많은 집 중에서 내가 그 문을 열게 된 것도, 공교롭게 그곳에 내가 아는 사람이 있었던 것도, "내가 원하는 것이 있다면 이 길이 마련해 준다."는 것을 다시 한번 체험한 순간이었다. 길을 나서며 확인해 보니 다음 마을까지의 거리가 13km가 아니라, 전체 남은 거리가 13km였다. 작은 실수가 나에게 뜻밖의 기쁨과 잊지 못할 추억을 선물해 주었다.

오중고에 시달린 순례길

가파른 언덕을 오르느라 숨이 턱 끝까지 차올랐지만, 깊게 숨을 들이쉴 수 없었다. 공기 속에 스며든 지독한 똥 냄새가 숨 쉬는 것조차 고통스럽게 만들었다. 지금까지 겪어 보지 못한 최악의 냄새였다. 오르막을 만나기 전에는 다섯 시간 동안 아스팔트 길만 걸어야 했다. 왼쪽 발바닥과 오른쪽 정강이에 전해지는 통증을 견디기 위해 자기암시 문구를 필사적으로 되뇌며 걸었다.

아스팔트 길을 벗어나 흙길 오르막을 처음 만났을 때는 반가웠다. 그러나 반가움도 잠시, 오르막은 단 1m의 평지도 허락하지 않았다. 문제는 오르막만이 아니었다. 발밑은 똥밭이었고, 고약한 냄새가 진동했다. 어디선가 흘러나온 물이 길을 질척거리게 만들어 발걸음마저 무겁게 했다. 처음엔 똥을 피해 조심히 걸으려 했지만, 이내 포기했다. 온 길이 똥투성이였기 때문이었다. 이 많은 똥들이 도대체 어디서 왔는지 궁금할 정도로 온통 똥투성이였다. 그리고 또 하나의 난관이 나를 기다리고 있었다. 내 물통에는 어젯밤 수도원 중정에서의 잊을 수 없는 순간을 만들어 준 샴페인이 담겨 있었다. 아기곰 부부와의 이별을 특별하게 만들고 싶어 물 대신 샴페인을 채운 물통을 들고 산꼭대기로 향했다. 목은 타들어 가는데 샴페인을 마실 수는 없었다. 오르막, 똥 냄새, 질척이는 똥밭, 갈증, 다리 통증까지, 나는 그야말로 오중고에 시달리며 언덕을 올랐다. 너무 힘들었지만 한 번 멈추

면 다시는 오를 수 없을 것 같았다. 목을 축일 장소가 나올 때까지 멈추지 않기로 결심하고, 이를 악물고 똥밭을 헤쳐 나갔다. 조금 더 가다 보니, 그 많은 똥의 출처를 알 수 있는 녀석들이 나타났다. 멋있어 보이는 말들이었지만, 오늘만큼은 다르게 보였다. 이 녀석들이 내 오중고 중 두 가지를 담당한 주범들이었다. 사진을 찍을 때도 앞쪽의 멋있는 모습보다는 엉덩이 쪽을 찍게 됐다.

역시 '오르막은 보상을 해 준다'는 순례길의 진리는 이번에도 틀리지 않았다. 경사가 완만해지고, 광활한 풍경이 눈앞에 펼쳐지자 걸음은 저절로 멈춰졌고, 넋을 놓고 장관을 감상할 수밖에 없었다.

순례길의 새로운 질서: 배낭 대신 신발

언덕 위에서 내려오는 고 여사는 팔을 한껏 벌리고 있었다. 기다리기 지루해 산책 겸 마중 나왔다며 활짝 웃는 그녀를 보니, 지금까지의 고된 여정의 무게가 한순간에 가벼워지는 듯했다. 순례길에서 누군가의 마중을 받는 경험이라니, 고 여사 덕분에 또 하나의 새로운 경험을 하게 되었다. 다행히 고 여사의 목소리는 예상보다 밝았다. 구름을 뚫고 구불구불한 길을 끝없이 올라가는 택시 안에서, 그녀는 이 길을 걸었으면 큰일 날 뻔했다며 택시를 타기로 한 것은 매우 지혜로운 결정이었다는 생각을 했다고 말했다. 그녀가 알베르게에 도착했을 때, 이미 한국인 부부가 기다리고 있어서 자기는 3등이었다고 웃음을 지었다. 택시를 탄 경험이 고 여사에게 나쁜 기억으로 남지 않은 것 같아 다행이었다.

고 여사의 안내를 따라 도착한 알베르게 입구에는 배낭들이 아니라 신발들이 일렬로 줄 서 있었다. 자초지종을 들어 보니, 제일 먼저 도착한 고 여사와 한국인 부부가 배낭 대신 신발을 줄 세워 놨는데, 이후 사람들이 따라 신발로 줄을 섰다는 것이었다. 처음 보는 특이한 광경이었다. 하늘을 보니 비가 올 것 같았다. 일기예보에서도 비 가능성이 있다고 해서 내가 오지랖을 한번 떨어 봤다. 줄 세워 있는 신발을 비를 피할 수 있는 현관 앞 공간으로 구불구불하게 옮겨 놓았다. 나름 뿌듯했는데 비가 오지 않아서 오지랖이 보람이 없게 되어 아쉬웠다. 비가 왔으면 많은 사람들이 내 오지랖을 고마워했을 텐데 말이다.

두 번째 이별

"이건 저 아래에서보다 10배는 비싼 샴페인이야!" 나는 산 아래에서 가져온 샴페인을 따르며 생색을 냈다. 아기곰 부부와 나는 샴페인으로 건배를 하며 이별을 아쉬워했다. 부르고스에서는 내가 고 여사를 만나야 했기 때문에 이별을 했고, 이번에는 아기곰 부부가 내일부터 30~40km를 걸을 계획이라 앞으로는 만날 수 없었기에 진짜 이별이었다.

앞에는 광활하게 펼쳐진 풍경, 옆에는 까미노 친구, 그리고 손에는 샴페인이 들려 있었다. 순례길 첫날 만난 아기곰 부부는 가족 같은 순례길 친구였다. 이제 얼굴은 볼 수 없게 되겠지만, 카톡으로 서로의 소식을 전하며 계속 인연을 이어 갈 것이다.

샴페인 한 병을 달빛 아래 수도원에서, 그리고 대자연을 바라보며 둘도 없는 까미노 친구와 마신 나는 순례길의 행운아였다.

DAY 28

구름 위 일출과 고춧가루 팍팍 시래기국밥

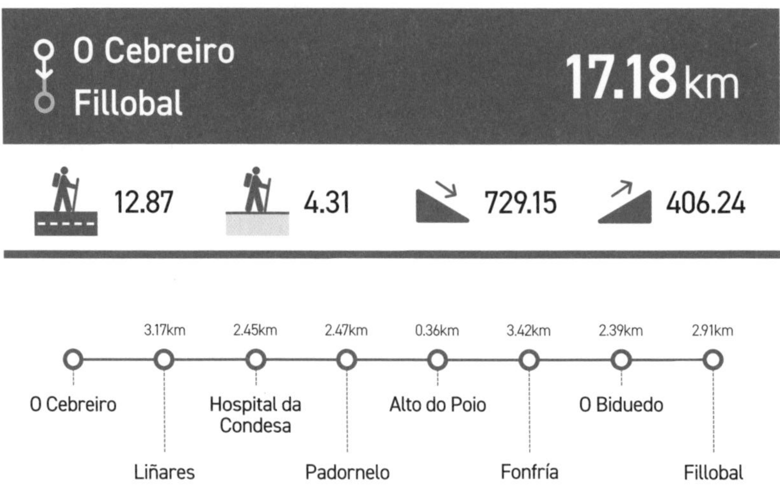

시간차 보상

새벽 5시. 짐을 대충 정리하고 여느 때처럼 담배를 피우러 밖으로 나왔는데, 눈앞에 펼쳐진 광경은 내가 흡연자인 것에 감사할 정도였다. 새벽의 어스름 속, 산 위에 홀로 서서 바라본 풍경은 마치 꿈결 같았다. 하늘과 땅의 경계가 사라진 그 시간, 희미한 어둠을 물들이기 시작한 붉은 빛이 서

서히 지평선을 따라 번져 갔다. 그 아래로는 구름이 산을 부드럽게 감싸안고 있었다. 구름은 마치 은빛 바다처럼 산등성이를 휘감으며 흘러내렸고, 그 위로 산봉우리들이 마치 섬처럼 떠 있었다. 이 광경은 천상의 세계를 엿보는 듯한 착각을 일으켰으며, 자연의 위대함 앞에 한없이 작아지는 나 자신을 느꼈다. 이 순간, 세상의 모든 소음이 사라지고, 오직 대지와 하늘, 그리고 나만 존재하는 듯한 고요한 평화가 마음을 가득 채웠다. 수없이 되뇌었던 '나는 진실되다, 나는 고요하다, 나는 평온하다, 나는 행복하다'라는 말이 마침내 이 순간에 현실이 된 듯했다.

한동안 넋을 잃고 바라보다가 문득 고 여사와 로리가 떠올랐다. 이 광경을 혼자만 보기엔 너무 아까워 자고 있던 그녀들을 깨웠다. 로리와 먼저 이 풍경을 함께 감상하고, 잠시 후 나온 고 여사와도 그 순간을 나눴다. 어제의 고된 여정 후 마주했던 풍경으로 충분한 보상을 받았다고 느꼈지만, 오늘 새벽에는 더 큰 보상이 기다리고 있었다.

'오르막은 언제나 보상을 준다.' 이번에는 그 보상이 시간차로 찾아온 셈이었다.

친구를 사귀려면 체력이 필요해!

새벽의 감동을 충분히 누리고 여유롭게 8시쯤 출발했다. 오늘의 목적지는 필로발(Fillobal)이다. 17km밖에 되지 않아 느긋한 마음으로 길을 나섰다. 어제 갈리시아 지방으로 들어선 후 모든 표지석에는 남은 거리가 표시되어 있었지만, 검은 바탕에 작은 글씨로 쓰여 있어 알아보기 힘들었다. 가까이 다가가 자세히 보니 157km가 남아 있었다. 이틀 정도면 두 자릿수로 줄어들 것이다. 며칠 전, 덴마크 청년 켄이 100km 표지석 사진을 보내왔는데, 곧 나도 그 지점에 도달할 것이다.

켄은 휴가를 내고 순례길에 나섰기 때문에 돌아갈 일정이 정해져 있었다. 까미노 단체방에 있는 친구들 중 켄이 가장 빠른 속도로 걷고 있었다. 켄이 다리 통증으로 천천히 걸을 때 우리는 친구가 되었고 덕분에 비슷한 속도로 함께 걸을 수 있었다. 다리 상태가 좋아지자 그는 산티아고를 지나 100km를 더 걸어 서쪽 끝 피니스테라까지 가기 위해 앞서갔다. 그는 중간중간 사진과 함께 소식을 전해왔다. 800km의 여정에서 누군가와 친구가 된다는 것은 단순한 우연이 아니다. 걷는 속도, 생각의 교류, 그리고 언어적 소통이 모두 맞아떨어져야 비로소 소중한 인연이 만들어진다. 이제 켄과는 걷는 속도가 맞지 않아 물리적으로 분리된 상태였다. 더는 그를 만날 수 없을지도 모른다는 아쉬움이 밀려왔다. 그의 재치 있는 농담이 그리워졌다.

고 여사는 한국 청년 대엽과 이야기를 나누며 내리막길을 함께 내려가고 있었다. 대엽의 속도에 맞추려 빠르게 걸음을 옮기는 고 여사의 모습이 조금 힘겨워 보였다. 무릎이 좋지 않은 그녀가 걱정되었지만, 그 순간에는 통증보다 까미노 친구와의 대화가 더 중요한 듯했다. 대엽은 고 여사가 순례길에서 처음으로 직접 인연을 쌓은 순례자였다.

"이야기를 나누고 싶어도, 체력이 뒷받침되어야 가능한 게 까미노라니까요!" 고 여사는 대엽과 보조를 맞추느라 무릎의 통증을 참아야 했다며 웃음 섞인 목소리로 농담을 던졌다. 그녀가 무릎의 통증을 참은 덕분에 소중한 인연을 얻을 수 있었다는 사실에 나도 덩달아 웃음이 나왔다. 그녀가 점점 순례길에 적응해 가는 모습을 보니, 내 마음도 한결 가벼워졌다.

뜻밖의 선물

"한국인 입맛에 맞는 메뉴가 있을까요?"

알베르게와 바, 단 두 건물만이 전부인, 마을이라고 부르기도 민망할 정도로 작은 마을 필로발(Fillobal)의 바에서 주문을 받는 주인장에게 무심코 던진 질문이었다. 뭔가 매콤한 음식을 추천할 것이라 기대했지만 돌아온 대답은 내 예상을 완전히 뛰어넘었다.

"시래기국밥."

아주 또렷한 한국어 발음이었다. 나는 순간 눈이 커졌다가 바로 웃음이 터졌다. 스페인의 작은 마을에서 '시래기국밥'이라니, 정말 신기하고 반가웠다. 한국적인 음식을 맛볼 수 있다는 기대감에 곧바로 시래기국밥을 주문했다. 잠시 후, 흰 쌀밥과 함께 나온 시래기국을 마주하니 마음이 설렜다. 첫 숟가락을 떠서 입에 넣었을 때, 한국에서 먹던 시래기국밥과는 조금 달랐지만, 그럼에도 속까지 따뜻해지는 느낌이었다. 아, 이게 얼마 만에 먹는 따뜻한 국밥인가! 국물 한 입, 밥 한 숟가락에 그동안 쌓였던 피로가 스르르 녹아내리는 듯했다.

내친김에 혹시나 하는 마음으로 주인장에게 물어봤다.

"김치는 없나요?"

주인장은 고개를 저으며 "NO."라고 답하더니, 이내 "고춧가루."라며 마치 보채는 아이에게 사탕을 건네주듯 고춧가루를 꺼내 주었다. 고춧가루를 살짝 뿌려 다시 한 입 떠먹어 보니, 국밥 맛이 한결 더 깊어진 듯했다.

"음, 이제야 좀 제대로 된 맛이 나네."

나는 중얼거리며, 따뜻한 국물에 밥을 말아 먹는 그 순간을 마음껏 즐겼다. 바 내부는 현대적인 디자인에 다양한 그림들이 걸려 있어 아늑한 분위기를 자아냈다. 음식도 훌륭했고, 주인장의 친절함도 인상적이었다. 최근 방문했던 바 중에서 이곳만큼 마음에 드는 곳은 없었다.

나오면서 바 입구에 놓인 야외 메뉴판을 보니, 한글로 '시래기국밥'이라는 글자가 적혀 있었다. 원래 이름은 '칼도 가예고(Caldo Gallego)'로, 갈리시아 지방의 전통 수프였다. 그 아래에는 '녹두 야채 수프'라는 한글 메뉴도 함께 적혀 있었다. 아마도 한국 순례자가 이 요리를 맛보고, 비슷한 한국 요리 이름을 알려 줬을 것이다. 든든한 배를 쓰다듬으며 알베르게로 돌아가던 중, 나는 혼잣말로 중얼거렸다.

"저녁엔 녹두 야채 수프를 한번 먹어 볼까?"

DAY 29

호텔에서 순례자 석식을?

오늘의 목적지는 사리아(Sarria)다. 어제 쉬어 가는 기분으로 적게 걸어서 오늘은 28km 정도를 걸어야 한다. 사리아는 산티아고 순례길에서 중요한 도시다. 이곳은 많은 순례자가 산티아고 데 콤포스텔라로 향하는 여정을 시작하는 지점으로 유명하다. 사리아는 산티아고까지 약 100km 정도 떨어져 있어, 이곳에서부터 걷기 시작하면 순례 완주 증명서를 받을 수 있는 최소 조건을 충족할 수 있기 때문이다.

고 여사와 나는 우비를 입고 알베르게 입구에 나란히 앉아 비가 잦아들기를 기다렸다. 고 여사의 얼굴에는 묘한 기대감이 감돌았다. 우비를 입고 걷는 순례길이 처음이라 그런지, 그녀는 은근히 들떠 있었다. 빗줄기가 약해지자 우리는 길을 나섰다. 우비를 입고 출발하는 첫 순례길이었고, 오늘 가야 할 거리가 꽤 멀어 살짝 걱정이 됐지만, 나 역시 설렘이 없진 않았다.

첫 마을인 트리아카스텔라에 도착했다. 이곳은 사리아로 가는 길이 두 갈래로 나뉘는 지점이었다. 하나는 사모스를 거쳐 가는 전통적인 길이고, 다른 하나는 산실을 지나가는 조금 더 짧은 길이었다. 산실 쪽이 6~7km 정도 짧았지만, 우리는 사모스 수도원을 방문하기로 마음먹고 사모스로 가는 길을 택했다.

사모스 수도원과 4명의 간호사

사모스 수도원은 1시간 동안 안내자가 동행하며 설명해 주는 가이드 투어 형식으로 입장할 수 있었다. 9시 입장 타임은 놓쳤고, 다음 입장인 10시까지 시간이 남아 수도원 앞 바에서 라떼와 크루아상으로 아침을 해결했다. 이제는 조금 질릴 법도 한데, 여전히 맛있다.

어제 고 여사와 함께 내리막길을 내려가던 한국 청년 대엽을 바 앞에서 다시 만났다. 그는 미국 아가씨 세 명, 네덜란드 청년, 오스트리아 청년, 또 다른 한국 대학생과 함께 걷고 있었다. 내 까미노 친구들만큼이나 다국적이었다. 놀라운 건 대엽이 영어를 거의 못한다는 사실이었다. 그런데도 말이 잘 통하지 않는 친구들과 함께 걷고, 그들과 마음을 나누며 순례길을 이어 가고 있었다. 그 모습이 참 신기했고, 그 용기가 대단하게 느껴졌다. 까미노에서는 정말 무엇이든 가능하다는 것을 다시 한번 느낄 수 있었다. 입장 시간이 다가와 우리는 수도원 입구 쪽으로 다가갔다. 9시에 들어갔던 사람들이 하나둘 나오기 시작했는데, 그중에 반가운 얼굴, 헨나가 보였다. 나는 그녀에게 투어가 어땠냐고 물었다. 헨나는 야릇한 표정을 지으며 손을 흔들었다. 말하지 않아도 알 수 있었다. '그냥 그랬어.'라는 뜻이었다.

사모스 수도원은 6세기에 세워진 베네딕트회 수도원으로, 유럽에서 가장 오래된 수도원 중 하나라고 했다. 가이드는 수도원 곳곳을 안내하며 이곳의 역사와 배경을 설명했다. 건물들은 1층과 2층의 건축 양식마저 다를 정도로 오랜 세월을 품고 있었다. 관광객의 눈으로 역사적인 수도원을 둘러보며 감탄하지 않을 수 없었지만, 한 가지 의문이 내내 머릿속을 떠나지 않았다.

'신앙과 수양을 중시하는 수도사들이 왜 이렇게 거대한 건물과 화려한 장식이 필요했을까?'

이런 생각 때문인지 사모스 수도원의 투어는 마치 미술관 관람처럼 느껴졌다. 정교한 동상과 뛰어난 미술품을 보면서도 마음이 크게 움직이지 않았다. 그러나 수도원 구석에 마련된 십자가와 성모 마리아상 앞에서 무릎을 꿇고 기도하는 두 명의 아가씨를 보았을 때, 이곳이 신성한 수도원임을 비로소 마음으로 받아들일 수 있었다.

성당이나 수도원의 진정한 위대함은 그 건물의 웅장함이나 장식의 화려함에 있지 않을 것이다. 그곳을 거룩하게 만드는 것은 바로 그 안에서 진심으로 신을 경배하고 기도하는 사람의 마음일 것이다. 두 아가씨의 기도를 통해 그 마음을 잠시 엿본 것 같아, 나 또한 잠시 숙연해졌다.

모든 투어는 기념품 상점에서 마무리된다. 사모스 수도원도 예외는 아니었다. 인상적인 기념품들이 많았지만, 투어를 마친 내 손에는 커다란 초콜릿이 들려 있었다.

고민 끝에 선택한 이 초콜릿은 기념품이라기보다는 앞으로의 순례길에서 나를 지탱해 줄 소중한 보급품이었다.

사모스 수도원을 관람한 후, 대엽의 일행과 자연스럽게 사리아를 향해 함께 걷게 되었다. 그중 두 명은 자매였고, 둘 다 간호사가 되기 위해 공부하는 학생이었다. 또 한 명은 산부인과에서 일하는 현직 간호사였다. 이미 세 명이 간호사 관련 인물이라니, 참 놀라운 우연이었다. 그런데 이게 끝이 아니었다. 내 일행인 고 여사는 간호학과 교수였다! 전직, 현직, 그리고 미래의 간호사가 스페인의 사모스에서 찍은 한 장의 사진 속에서 활짝 웃었다.

호텔에서 순례자 석식을?

3시가 넘은 늦은 시간에 도착한 알베르게에서 고 여사와 나는 건조기의 빨래가 마르기를 기다리고 있었다. 먼저 도착한 로리, 킴, 헨나, 오드리는 이미 모여 오랜만의 회포를 풀고 있었고, 고 여사와 나의 합류를 권하며 사진을 보내왔다. 밝은 얼굴로 'Sarria'라는 큰 글자 조형물 위에 올라가 있거나 그 앞에 앉아 있는 자세와 표정에서 자유로움과 편안함이 묻어나는 사진이었다. 당장이라도 달려가고 싶었지만, 우리는 3시가 넘은 늦은 시간에 도착했고, 뙤약볕 아래서 오랜 시간 걸어와 지쳐 있었기 때문에 아쉽지만 다음에 보자고 답을 보냈다. 가까운 곳에서 저녁을 먹기로 했지만 어디에서 먹을까 고민이었다.

"이 근처에 괜찮은 식당 있나요?" 마침 입구에 앉아 있는 알베르게 주인장에게 물어봤다.

주인장은 익숙한 듯이 웃으며 말했다.

"한 블록만 가면 호텔이 있는데, 거기 식당 괜찮아요."

호텔 식당이라니, 순례자 느낌과는 거리가 멀어서 망설였다.

"호텔 식당은 좀 아닌 것 같은데요?"

그러자 주인장이 눈을 반짝이며 덧붙였다.

"아니요, 그곳에는 순례자 메뉴도 있어요."

호텔에 순례자 메뉴가 있다고? 그 말을 듣고는 마음이 바뀌었다. 그럼 가 봐야지. 안 갈 이유가 없었다.

두 가지 요리와 디저트로 구성된 순례자 메뉴는 예상보다 훨씬 푸짐했다. 특히 서빙을 받으니 오랜만에 대접받는 느낌이 들었다. 고 여사와 나는 각자 와인 한 병을 즐기며 뜻밖의 호사를 누렸다. 고된 하루였지만, 예상치 못한 작은 호사 덕분에 오늘 하루는 특별한 기억으로 남았다. 여러분도 기회가 닿으면 과감히 호텔에 들어가 순례자 메뉴를 찾아보시라!

First Plate :
Chose between:
. Fish Soup
. Galician Soup
. Mixed Salad
. Asparagus with Mayonnaise
. Cold cut appetaizers
Second Plate :
Chose between :
. Veal Fillet
. Breast of Chicken
. Loin of pork
. Grilled Hake
. Grilled Salmon
Dessert :
. Cheese cake
. Santiago Tart with Almonds
. Yogurt
. Flan (Caramel Custard.)
. Pineapple
. Ice Cream Cake
Price: 15 € per person
(includes bread and 1 drink)

DAY 30

나에게는 더 탈것이 남아 있지 않아!

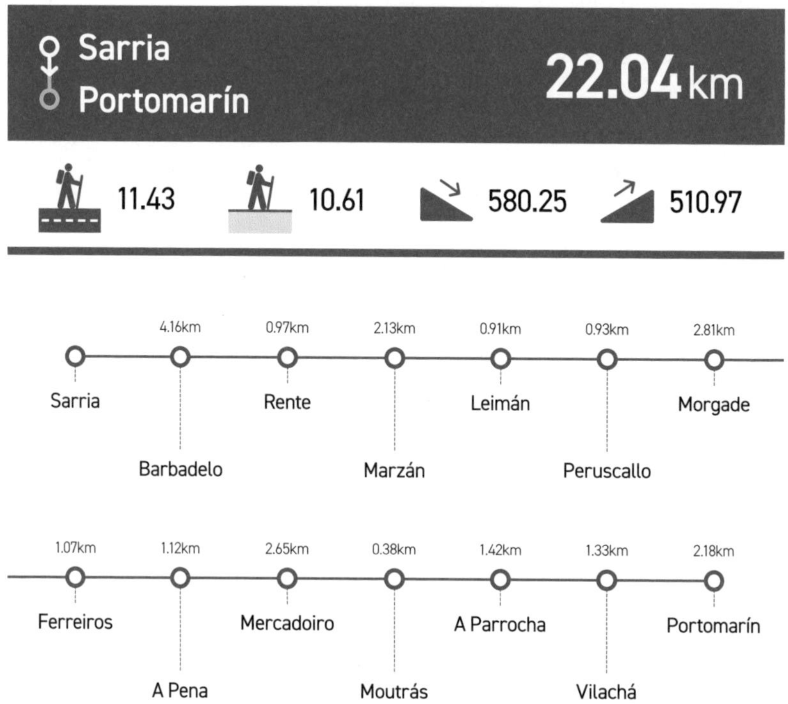

오늘의 목적지는 포르토마린(Portomarin), 22km 거리다. 오늘은 산티아고로부터 100km 남은 지점을 통과할 예정이다. 곤히 잠자고 있는 고 여사의 머리맡에 사모스 수도원에서 득템한 초콜릿을 살짝 내려놓고 홀로 알베르게를 나섰다. 이번 구간은 각자 독립적으로 걸어 보기로 했다. 고 여사가 나 때문에 순례길에서 제한된 경험을 하고 있지는 않은지, 나 역시 익숙한 관계 속에서 스스로를 고정된 역할로 한정하고 있는 것은 아닌지 고민한 끝에 제안한 것이다. 오랜 시간 학습된 사회적 역할, 즉 선배이자 연장자 그리고 보호자의 역할에서 잠시 벗어나고 싶은 마음도 있었다. 각자 자신만의 순례길을 경험해 보는 것도 의미 있을 것 같았다.

나의 페르소나

아직 어두운 사리아 시내를 가로질러 로리가 묵고 있는 알베르게로 향하는 발걸음은 어쩐지 새로웠다. 어젯밤 로리에게 굿나잇 문자를 보냈더니 "내일도 안 나타나면 널 찾아가 먹어 버리겠어."라는 장난스러운 협박 문자가 돌아왔다. 어제 만나지 못한 것이 아쉽기도 하고, 나를 챙겨 주는 그 마음이 고마워 무작정 로리의 알베르게로 발길을 옮겼다.

로리와 단둘이 걷는 건 처음이었다. 자연스럽게 이런저런 이야기를 나눴다. 어제 간호사 네 명이 만나 같이 사진을 찍었다는 이야기를 하니 자신도 같이 찍었어야 했다고 아쉬워했다. 로리도 영화 일을 하기 전 잠시 간호사로 일한 적이 있기 때문이었다. 아침을 먹을 때는 로리가 채식주의자인 것이 떠올라 어떤 것은 먹을 수 있고 어떤 것은 먹을 수 없냐고 물어보니 말로 조금 설명하다가 이내 볼펜과 노트를 꺼내 채식주의자의 단계 피라미드를 그려 가며 설명해 줬다. “이렇게 힘든데 풀만 먹고 어떻게 버티냐”며 농담을 던지자 로리는 해맑게 웃으며 나를 바라봤다. 자신은 생선과 유제품을 먹을 수 있는 단계의 채식주의자라고 덧붙였다.

로리는 등산 스틱을 이용해 걷고 있었다. 나는 스틱 없이 걷고 있었는데, 스틱을 잘 쓰는 사람들은 추진력을 얻어 빠르게 나아가고, 그렇지 않은 사람들은 그냥 지탱하는 용도로만 사용하는 것을 많이 봤다. 로리는 초반엔 스틱을 그냥 지팡이처럼 들고 다니는 정도였지만, 요즘엔 제법 전문가처럼 능숙하게 사용하는 것 같았다. 나는 로리에게 스틱을 잠시 빌려 달라고 부탁했고 로리는 스틱을 건네주며 진지하게 사용법을 가르쳐 줬다. 배운 대로 스틱을 이용해 걷던 나는 장난기가 발동해 스틱을 드럼 스틱처럼 두드려 장단을 만들며 걸었다. 그 모습을 본 로리는 어이가 없다는 듯 나를 바라봤다. 스물두 살 아가씨가 아버지뻘 되는 쉰두 살 아저씨의 재롱을 조카 보듯 바라보며 웃는 상황이 더 큰 웃음을 자아냈다. 우리는 서로 마주 보며 한참을 웃고 나서야 다시 길을 나섰다.

이런 것이 내가 원했던 것일지도 몰랐다. 딸 또래의 어린 친구지만, 로리와 함께 있으면 사회적 관계가 부여하는 역할에서 자유로워질 수 있었다. 그래서 장난도 치고, 어린아이처럼 천진난만해질 수 있었다. 다른 사람들은 어떨지 모르지만, 나는 이 순례길에서 예전의 나를 많이 돌아보게 되었다. 과거에 나는 항상 명랑하고, 주변 사람들에게 기분 좋은 에너지를 주는 사람이었다. 그 모습을 잃었다고 생각했는데, 순례길에서 만난 젊은 친구들 덕분에 그때의 내가 다시 나타나는 걸 느꼈다. 그래서일까? 멀리 떨어져 있어도 그들이 자꾸 생각나고, 함께하면 행복해졌다. 어쩌면 나는 나 자신을 만나기 위해 이들과 함께하려는 것인지도 모르겠다.

나에게는 더 탈것이 남아 있지 않아!

검정 민소매와 반바지 차림에 파란 배낭을 멘 여자가 앞에서 걷고 있었다. 뒷모습만 봐도 헨나라는 걸 단번에 알 수 있었다.

"처음 봤을 때부터 선생님 같다는 느낌이 들었어요."

헨나가 특수교육 교사라는 걸 알았을 때 내가 했던 말이었다. 칭찬이었지만, 헨나는 이 말을 별로 좋아하지 않았다. 비슷한 이야기를 너무 자주 들어서일 수도 있지만, 그녀는 '교사'라는 이미지에서 벗어나고 싶어했다. 그녀는 정돈된 상황 속에 있어야 마음이 편했지만, 교육현장은 늘 그렇지 못했고, 특수교육 대상 아이들과의 소통은 늘 고된 일이었다. 그래서 핀란드로 돌아가면 교사 일을 그만두고 새로운 길을 찾겠다고 말했다. 번아웃을 겪었다는 그녀의 말에 나는 일부러 가볍게 농담을 던졌다. 이 길에서 만난 많은 젊은이들이 비슷한 경험을 이야기했기에, 나는 일부러 대수롭지 않게 반응했다.

"나는 지난 20년 동안 다 타 버려서 지금은 재만 남았는데?"

내 농담에 무거웠던 분위기가 한결 나아졌다. 헨나는 정말 좋은 표현이라면서, 나중에 자신도 이 표현을 써먹어야겠다고 말하며 웃었다.

농담처럼 내뱉었지만, 그 말은 진심이었다. 내 마음에는 이제 더 타오를 것도 불붙을 것도 남아 있지 않은 듯했다. 슬프지만, 지금은 그게 사실이었다. 이 순례길에서 내 안에 아주 작은 불씨라도 다시 살아났으면 좋겠다. 고프로, 다요 양, 로리, 킴, 그리고 헨나도 순례길에 오른 많은 젊은이들처럼 하던 일을 그만두고 새로운 길을 찾기 위해 걷고 있었다. 당사자들은 앞이 막막해 답답하겠지만, 나는 그들을 보며 나의 젊은 날을 떠올렸다. 나도 저들처럼 젊었을 때, 내 삶과 미래에 대해 깊이 고민할 시간이 있었다면 어땠을까? 치열하게 방황하며 길을 찾아가는 그들이 부럽기까지 했다. 내가 젊을 때는 그런 고민조차 사치라고 생각했는데, 그 방황의 시간이야말로 젊음의 특권이었다.

아직 늦지 않았다. 다 타버린 잿더미 속에서 아직 살아 있는 작은 불씨라도 찾아봐야겠다. 진짜로 차갑게 식은 재만 남기 전에 말이다. 나는 아직 은퇴하지 않은 50대니까!

이제 100km!

사리아를 지나자 풍경이 확 달라졌다. 깨끗한 신발을 신고 소풍 나온 듯 가벼운 걸음으로 걷는 사람들이 곳곳에 보였다. 아마 오늘 막 순례길에 오른 이들일 것이다. 한 달 넘게 먼지를 뒤집어쓰며 걸어온 우리는 신병을 바라보는 고참병이 된 듯한 묘한 기분이 들었다. 깃발을 들고 무리 지어 걷는 학생들도 보였다. 아마 극기훈련이나 수학여행으로 이 길을 걷고 있는 듯했다. 학생들의 왁자지껄한 목소리로 가득한 순례길은 어딘가 낯설지만 새로웠다.

그리고 마침내 100km 표지석이 눈에 들어왔다. 생장에서부터 걸어온 우리에게 이 표지석은 한 달 넘게 이어진 여정을 떠올리게 하는 감회 깊은 상징이었다. 지금까지 발로 채운 길 위의 기억들이 스쳐 지나가며 성취감이 차올랐지만, 남은 길이 너무 짧다는 아쉬움도 어쩔 수 없었다. 함께 사진을 찍고 다시 길을 나섰지만, 길이 끝나 간다는 생각에 무심코 몇 번이나 뒤를 돌아보며 발걸음이 점점 느려졌다.

DAY 31

나의 까미노 송

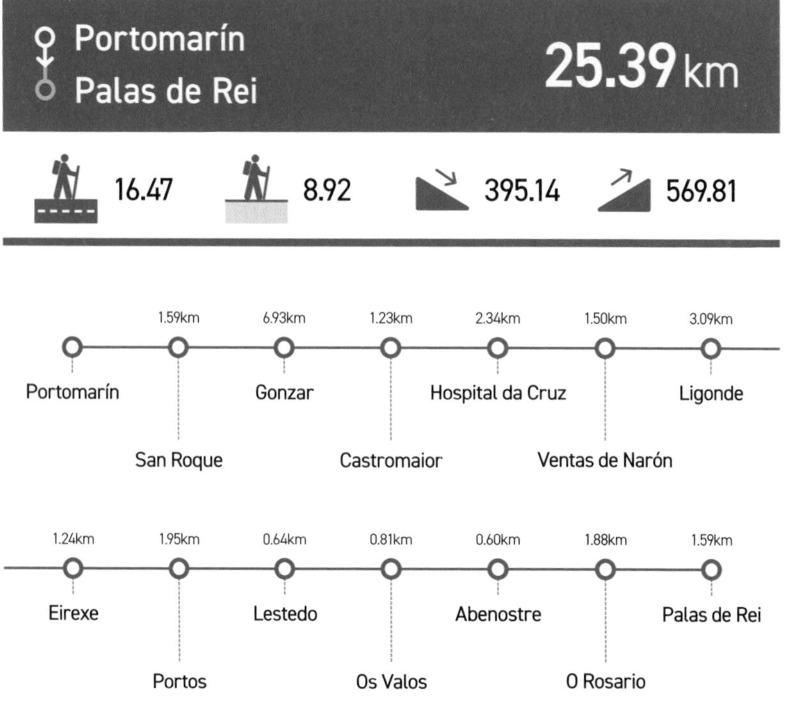

오늘의 목적지는 25km 거리의 팔라스 데 레이(Palas de Rei)다. 자욱한 안개로 한 치 앞도 보이지 않는 바깥과 달리, 알베르게는 이른 시간임에도 출발 준비를 하는 사람들로 북적거렸다. 내가 아는 대부분의 사람들이 어제 이 알베르게에 묵었다. 모두 같은 알베르게를 예약했다는 것이 다소 이상하다고 느껴졌지만, 막상 도착하고 나니 그 이유를 알 수 있었다. 수백 개는 되어 보이는 침대를 갖춘 알베르게는 마치 수용소를 연상케 했다. 알베르게 입구에서는 동키 서비스 차량이 배낭을 싣고 있었다. 고 여사는 배낭을 나르는 직원이 정말 잘생겼다며 얼굴에 미소가 가득했다.

자욱한 안개 속을 걸어가는 느낌은 마치 동화 속으로 들어가는 듯 신비로웠다.

나의 까미노 송

"재현, 당신의 까미노 송은 뭐예요?"

아침 바에서 헨나가 불쑥 던진 질문이었다.

"까미노 송? 그게 뭐야?"

나는 어리둥절한 표정으로 되물었다.

"순례길에서 자주 듣는 노래요. 사람들에게 그들의 까미노 송을 물어보며 모으고 있거든요."

헨나는 얼마 전부터 시작한 인스타그램에 푹 빠져 있었다. 만나는 순례자들의 까미노 송을 모아, 그 사람이 나오는 사진의 배경음악으로 활용하고 있었다. 그 과정이 꽤 즐거워 보였다. 하지만 나는 쉽게 답할 수 없었다. 헨나에게는 단순한 질문이었겠지만, 나에게는 깊이 고민해 볼 만한 질문이었다.

'나는 이 순례길에서 어떤 노래를 가장 많이 들었을까?'

한참 고민하다가 한 곡이 떠올랐다. 손디아의 〈어른〉. 드라마 〈나의 아저씨〉의 OST로, 이 노래는 내가 고음질로 다운받아 둔 유일한 곡이었다. 나의 까미노 송이라면 이 노래가 맞겠구나 싶었다. 헨나에게 가사의 내용을 설명해 주고 싶어 서둘러 가사를 찾아 번역기에 돌렸다. 번역된 가사가 원래의 깊은 감정을 완벽히 표현하지는 못했지만, 그 의미는 충분히 전달될 것 같았다. 헨나도 가사의 내용에 공감하는 표정이었다. 그녀는 하이라이트 부분을 골라 달라고 했다. 나는 가사를 천천히 다시 읽으며 마음에 와닿는 구절을 신중히 골랐다.

"눈을 감아 보면 내게 보이는 내 모습, 지치지 말고 잠시 멈추라고."

특히 '지치지 말고 잠시 멈추라'는 부분은 내게 큰 위로를 주었던 구절이었다. 좋아했던 곡이지만 까미노에서 다시금 그 의미를 곱씹으니 새롭게 다가왔다. 헨나의 질문 덕분에 노래가 주는 위로를 다시 한번 느낄 수 있었다. 순례길엔 지친 사람들이 참 많다. 헨나, 로리, 킴을 비롯한 많은 젊은이들, 그리고 나. 잠시 멈춰 숨을 고르려는 이들이다. 지금은 앞이 보이지 않아 답답하겠지만, 잠시 멈춘 후에 결국 우리는 모두 다시 길을 떠날 것이다.

산티아고 완주 축하 파티 추진 위원장

건조기에 빨래를 던져 놓고 도착한 바에는 로리, 헨나, 그리고 킴이 먼저 와 있었다. 평소처럼 웃음과 대화가 오가고 있었지만, 그 속에는 미묘하게 다른 분위기가 스며들어 있었다. 아무도 말하지 않았지만 우리 모두 느끼고 있었다. 순례길이 끝나 가고 있다는 사실, 이제 얼마 남지 않았다는 아쉬움이 자리 잡고 있었다. 오늘은 켄에게서 산티아고를 지나 100km를 더 걸어 묵시아에 도착했다는 소식이 왔고, 우리는 50km 표지석 모양의 쎄요를 크리덴셜에 찍었다. 우리 모두가 순례길의 끝자락에 와 있음을 다시금 실감했다.

"산티아고에 도착할 때 미리 만나서 같이 도착하자. 그리고 같은 날 도착하는 사람들과 파티도 성대하게 하자!"

나는 분위기를 조금이라도 띄우고 싶어 제안을 던졌다. 다들 환하게 웃으며 고개를 끄덕였고, 킴에게는 인맥이 넓으니 '산티아고 완주 축하 파티 추진 위원장'을 맡아 달라고 농담 반 진심 반으로 부탁했다. 킴도 크게 웃으며 흔쾌히 수락했고, 그 순간 우리 사이에 다시금 활기가 돌기 시작했다. 나 역시 묵직하게 가라앉았던 마음이 한결 가벼워졌다. 하지만 여전히 마음 한구석엔 묘한 아쉬움이 남아 있었다.

우리가 느끼는 이 아쉬움은 대체 무엇일까? 우리 모두는 저마다 인생에서 잠시 쉼표를 찍고, 한 달 남짓 800km를 걸으며 무언가를 찾고자 했다. 이제 길이 끝나 가고 있지만, 답을 찾지 못했다는 막연한 불안과 아쉬움이 우리를 감싸고 있었다. 사람들은 종종 “순례길을 다녀오면 삶의 해답을 얻는다”고 말한다. 그러나 길 위에서 얻는 깨달음이란 마치 손에 잡힐 듯하다가도 사라지는 안개와 같은 것이었다. 그 안개 속에서 나는 여전히 내가 진정으로 원하는 것이 무엇인지, 이 길을 왜 걷고 있는지 명확히 알지 못한 채 걸음을 이어 가고 있었다. 그 불투명함이 나를 불안하게 만들고 있었는지도 모른다. 하지만 지금 돌이켜 보면, 길 끝에서 얻는 해답이 중요한 것이 아니었다. 순례길의 진정한 의미는, 그 길을 걷는 동안 스스로와 마주하며 보냈던 시간 속에 있었다. 알베르게에 누워 잠을 청하는 내 머릿속에는 나의 까미노 송이 계속 맴돌았다.

‘눈을 감아 보면 내게 보이는 내 모습, 지치지 말고 잠시 멈추라고.
갤 것 같지 않던 짙은 나의 어둠은, 나를 버리면 모두 갤 거라고.’

DAY 32

순례길의 로맨스

오늘의 목적지는 리바디소(Ribadiso), 25km 거리다. 이제 25km 정도는 순례길에 익숙해진 고 여사에게도 크게 무리가 없는 거리가 되었다.

온몸으로 느끼는 순례길의 끝자락

갈리시아 지방에 들어선 후, 새벽마다 길을 나설 때면 그 분위기가 이전과는 확연히 달랐다. 자욱이 깔린 안개는 순례길에 묘한 신비로움을 더해 주었고, 그 안에서 들이마시는 공기에서 느껴지는 촉촉함은 몸과 마음을 서서히 적셔 주는 듯했다. 마치 길이 나를 감싸 안고 함께 걸어가는 듯한 기분이었다. 주변의 건물도 달라졌다. 돌과 목재로 이루어진 필로티 구조의 '오레오'라는 새로운 건축물이 눈에 띄었다. 습기와 해충으로부터 곡물을 보호하기 위해 지어진 이 독특한 건축물은 갈리시아의 자연적, 환경적 특성을 고스란히 반영하고 있었다. 신선한 해산물 요리가 주를 이루는 이곳의 음식도 인상적이었다. 특히 삶은 문어 요리인 '뽈뽀 아 페이라'와 가리비 요리는 이곳에서 빼놓을 수 없는 별미였다. 날씨의 변화도 확연했다. 갈리시아의 습한 날씨는 마치 한국 여름을 떠올리게 했다. 땀은 끊임없이 흐르고, 빨래는 좀처럼 마르지 않았다. 몸에 밴 땀 냄새도 전과는 달리 훨씬 진하게 느껴졌다.

우리의 몸도 고된 여정을 견디고 있었다. 고 여사는 무릎 통증을 참으며 진통제를 아껴 먹었고, 나는 떨어져 가는 파스 때문에 정강이 통증을 걱정했다. 로리는 며칠 전부터 감기로 고생하며 몸살약을 먹었고, 헨나는 발의 물집이 심해져 간호사 출신의 고 여사가 정성스럽게 치료해 주었다. 헨나는 고 여사의 발에 생긴 물집을 보며 "물집 두 개쯤은 있어야 진정한 순례자지!"라는 농담을 던지기도 했다. 길을 걷다가 약국을 발견하면 참새가 방앗간을 그냥 지나치지 못하듯 부족한 약품을 보충하곤 했다.

"산티아고에서 도핑 테스트를 하면 다들 탈락할 것"이라는 농담을 던지자, 모두가 격한 공감을 하며 웃음을 터뜨리기도 했다.

이렇게 우리는 온몸으로 순례길의 끝자락에 가까워지고 있음을 자연스럽게 실감하고 있었다.

헨나의 로맨스

리바디소의 알베르게는 언덕 위에 자리 잡고 있어 마당의 테이블에 앉으면 지나가는 순례자들을 자연스럽게 바라볼 수 있었다. 작은 분수대에서는 물이 시원하게 솟아올라 그 주위에 둘러앉아 발을 담그고 하루의 피로를 풀기에 더없이 좋은 장소였다. 나와 고 여사, 그리고 헨나는 그 테이블에 모여 한가로이 시간을 보내며 오후의 따스한 햇살을 즐기고 있었다. 얼마 지나지 않아 다음 마을로 가려던 로리도 합류했다.

우리의 대화는 자연스럽게 순례길의 끝을 향해 흘러갔다. 산티아고 도착 후 성대한 파티로 순례를 마무리하기로 한 계획은 차곡차곡 진행됐다. 이를 위한 단톡방도 만들어져 서로의 지인들이 하나둘씩 추가되고 있었다. 그 후의 계획은 저마다 달랐다. 킴은 순례 후 세계여행을 이어 갈 예정이고, 나는 프랑스에서 아내와 만나 파리를 여행할 계획이었다. 로리 역시 스페인의 마드리드에서 남자친구와 재회할 생각이었다. 그런데 헨나의 목적지는 좀 특별했다. 그녀는 순례길에서 이미 지나온 팜플로나로 다시 돌아갈 예정이라고 했다.

"팜플로나로 가서 다시 순례를 시작하려고?"

나는 뜻밖의 행선지에 호기심이 발동해 꼬치꼬치 캐묻기 시작했다.

"팜플로나에서 만날 사람이 있어요." 헨나는 차분히 말을 이어 갔다.

"팜플로나의 알베르게 주인하고 다시 만나기로 했어요."

나는 심상치 않게 전개되는 이야기에 귀를 쫑긋 세우고 헨나의 이야기에 집중했다.

이야기는 마치 영화처럼 전개되었다. 팜플로나의 알베르게 주인은 단체 순례객들로 북적이는 방으로 향하던 헨나를 불러 세웠다. 그 순간 둘의 눈이 마주쳤고, 뭔가 특별한 감정이 오갔다. 그는 헨나에게 조용한 방을 따로 내주었고, 그날 밤 헨나에게 기타를 쳐 주며 로맨틱한 시간을 보냈다. 헨나는 그의 맑고 깊은 눈빛을 잊을 수 없다며 아련한 표정을 지었다.

"그럼… 키스도 했어?" 나는 조금 짓궂은 질문을 했다.

"당연하죠!" 헨나의 망설임 없는 대답에 당황한 건 오히려 나였다. 그녀는 팜플로나로 돌아갈 날을 손꼽아 기다리는 듯했다.

철의 십자가에서 돌아가신 아버지가 곁에 있는 듯한 경험을 하며 눈물을 흘리고, 팜플로나에서 처음 만난 사람과 로맨스에 빠진 헨나. 그녀는 산티아고 순례길의 진정한 승자처럼 보였다.

DAY 33

내 인생을 꿰뚫는 쎄요

오늘의 목적지는 라바코야(Lavacolla), 32km 거리다. 12시간 가까이 걸어야 하는, 만만치 않은 거리였다. 하지만 내일은 10km 정도만 걷고 여유롭게 산티아고에 입성하기 위해 오늘은 좀 먼 거리를 걷기로 계획을 세웠다. 새벽 4시 30분에 길을 나선 우리 주위에는 아무도 없었다. 어두운 길 위에는 나와 고 여사의 발소리만 도장처럼 찍혀 갔다.

내 인생의 쎄요

나는 순례길 단톡방에 쎄요 사진과 위치를 공유한 후, 다시 발걸음을 재촉했다. 길가의 노점에서 받은 조개 모양이 정교하게 새겨진 붉은 밀랍 쎄요였다. 밀랍 쎄요는 특별한 것이었기에 함께 걷고 있는 친구들에게 정보를 전해 주고 싶었다. 멋진 쎄요를 얻었을 뿐만 아니라, 실수로 떨어뜨린 지갑을 노점상 주인 덕분에 찾을 수 있어서 8시간 이상 걸어온 힘든 길이었지만 발걸음은 가벼웠다.

새벽에 출발해 4시간을 걸어간 이후에야 첫 커피를 마셨고, 다시 4시간을 더 걸어 점심을 먹을 수 있었다. 출발할 때부터 예상된 어려움이었다. 하지만 오늘은 그런 어려움 속에서도 특별한 기쁨이 있었다. 그것은 세 개의 특별한 쎄요였다. 하나는 귀여운 거북이 모양의 쎄요였고, 나머지 2개는 밀랍 쎄요였다. 나는 특별한 쎄요를 만날 때마다 단톡방에 사진을 공유하며 뒤따라올 친구들에게 그 장소를 알려 주었다.

쎄요는 크리덴셜이라고 하는 순례자 여권에 찍는 도장으로 우리의 여정을 기록하는 상징이다. 알베르게에서는 마치 출입국 심사대에서 여권에 도장을 찍듯 순례자에게 쎄요를 찍어 주지만, 바나 카페에서는 내가 잊지 말고 챙겨야 한다. 특히 나중에 순례 증명서를 받으려면, 순례길 마지막 100km 지점부터는 하루에 최소 두 개의 쎄요를 받아야 한다.

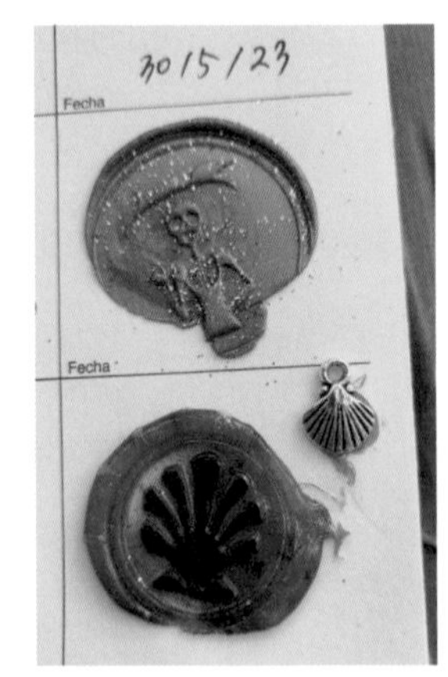

아름다운 쎄요를 만난 김에 나는 지금까지 찍은 쎄요의 갯수를 세어 보았다. 어느새 80개가 넘었다. 첫 번째 크리덴셜의 공간은 이미 꽉 차서, 새로 구입한 크리덴셜에 쎄요를 찍기 시작한 지도 꽤 되었다. 첫날부터 오늘까지 찍은 쎄요를 하나하나 들여다보는 것만으로도 그날의 순간들이 생생하게 되살아났다. 그곳에서 느꼈던 감정들, 만나고 헤어진 사람들, 지나왔던 장소들. 이 작은 도장들이 나에게는 기억의 단편이자, 나의 여정 속에서 만났던 모든 것들의 흔적이었다.

돌아보니 내 인생에도 쎄요 같은 것들이 있었다. 한 곡만 들어도 그때의 감정이 생생하게 떠오르는, 나를 시간 속에 묶어 둔 노래들이었다. 고등학교와 재수 시절 나와 함께했던 노래들, 치열했던 대학 시절을 떠올리게 하는 민중가요, 그리고 장기 미국 출장으로 몸도 마음도 지쳤을 때 나를 위로해 줬던 노래들. 그러나 어느 순간부터는 그런 노래가 더는 떠오르지 않았다. 지난 10년 동안 내 마음에 찍힌 새로운 쎄요가 없었다는 뜻이다. 왜 그랬을까? 그 시절 내 마음속엔 무엇이 들어 있었기에, 아무것도 허락하지 않았을까? 그 답을 정확히 알 수는 없었지만, 그 공허함이 결국 나를 이 순례길로 이끌었다는 것은 분명해 보였다.

산티아고 순례길은 나에게 80개가 넘는 쎄요를 찍어 주었다. 그리고 나는 이 길 위에서 내 인생의 쎄요를 찍고 있다. 스페인의 800km 길 위에 무수히 찍힌 내 발자국 쎄요들이 시간이 지나면 하나의 커다란 빛나는 인생의 쎄요로 남기를 바라 본다.

고 여사의 양단 몇 마름

고 여사와 나는 어느덧 10시간째 걷고 있었다. 불과 일주일 전만 해도 말수가 줄고, 피로가 역력한 얼굴로 그저 묵묵히 한 발 한 발을 내디딜 시간이었다. 걷는 것 자체가 버거운 시간들. 그런데 오늘은 달랐다. 나는 휴대폰의 음량을 높이며 나의 플레이리스트를 모두와 공유하듯 틀어 놓았다. 그 음악이 나와 주변을 가득 채웠다.

순례길을 걸으며, 다른 사람들처럼 나 역시 이어폰으로 음악을 들었다. 이어폰을 끼고 걷는 건, 사실상 '나 혼자 있고 싶다'는 무언의 신호였다. 그래서 음악은 나를 세상과 분리시키는 도구이기도 했다. 그런데 며칠 전, 헨나가 내게 나의 까미노 송을 물어본 이후로, 음악은 더 이상 나를 혼자만의 세계에 가두지 않았다. 오히려 다른 사람들과 나를 연결해 주는 고리가 되었다. 나도 친구들에게 그들의 까미노 송을 물으며, 그 노래를 선택한 이유와 그들에게 어떤 의미가 있는지를 들으면서 그들을 조금 더 이해하게 되었다.

지금 나는 하나의 곡이 아닌, 내 플레이리스트 전체를 고 여사와 같이 들으며 걷고 있다. 그 리스트를 공개하는 것은 마치 내 일기나 서재를 남에게 보여 주는 것처럼, 내 내면을 고스란히 드러내는 일 같아 약간 부끄럽기도 했다. 내 휴대폰의 음악 플레이리스트는 나와 가족만의 것이었다. 차를 타고 나들이를 갈 때면, 나는 자연스럽게 내 음악을 틀었고, 아내와 어린 딸 유민이는 내 취향을 자연스럽게 따라야 했을 것이다. 한때 내가 아델에 푹 빠져 있던 때는 한동안 아델의 노래만 차 안에서 흘러나왔다. 덕분인지 유민이는 아델을 별로 좋아하지 않는다고 하면서도, 아델 노래가 나오면 흥얼거리며 따라 부르곤 했다. 아마 유민이에게 아델의 노래는 아버지를 떠올리게 할 것이다. 생각해 보면, 나도 어렸을 때 비슷한 경험이 있었다. 어린 시절, 아버지가 카세트에서 틀어 주던 트로트 음악들이 아직도 선명하게 기억난다. 그때는 별로 관심 없던 노래들이었지만, 그 음악들은 내 안에 고스란히 남아 있었다. 아버지가 들려주던 음악은 내 유년 시절과 지금을 이어 주는 은밀한 연결 고리가 되어 있었다.

잠시 후에는 고 여사의 플레이리스트가 흘러나왔다. 고 여사와 나는 같은 시기에 대학을 다녔고, 젊은 시절 비슷한 고민을 나눴기에 나와 비슷한 취향의 곡들도 많았지만, 전혀 예상치 못한 고 여사만의 색이 담긴 곡들이 흘러나왔을 때는 그녀의 새로운 일면을 발견하는 것 같아 그녀에 대해 궁금해지기도 했다. 그것은 그녀의 삶 속에 담긴 다양한 감정과 이야기를 엿보는 순간이기도 했다.

고 여사는 음악을 듣는 것으로 만족하지 못했다. 음악을 끄고 정태춘, 박은옥의 〈양단 몇 마름〉을 부르기 시작했다. 나도 자연스럽게 작게 따라 불렀다. 장시간 걸어 지쳐 있었음에도, 우리는 이 시간을 온전히 즐기고 있었다. 이제 〈양단 몇 마름〉이라는 곡은 고 여사와 나를 서로 연결해 주는 곡이 되었다. 이렇게 우리는 길 위에서 또 다른 방식으로 서로를 이해해 가고 있었다.

DAY 34

대성당 앞 흐르는 와인과 K-POP

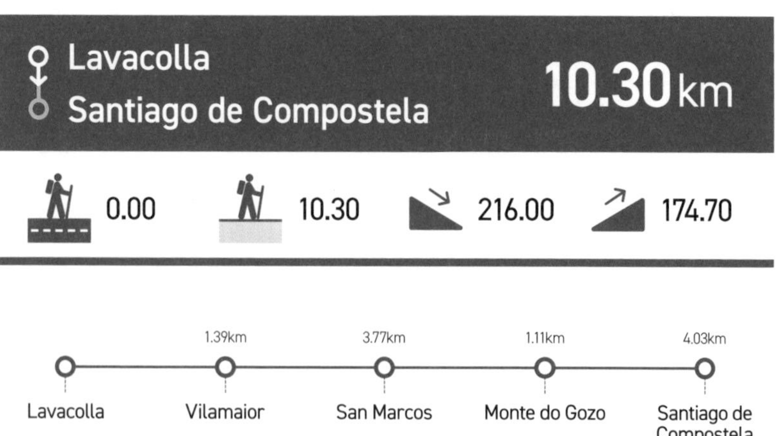

새벽 다섯 시, 까미노 단톡방에 메시지가 도착했다. 로리, 킴, 그리고 헨나가 출발했다는 소식이었다. 산티아고 데 콤포스텔라(Santiago de Compostela)에 다 같이 동시에 도착하자는 내 제안을 모두 받아들인 그녀들은 평소보다 일찍 출발했다. 나와 고 여사는 10km가 남았고, 그녀들은 20km가 남았기 때문이었다. 나는 느긋하게 출발 준비를 시작했다.

나를 지켜 준 친구들

나는 지금까지 고난의 여정을 나와 함께한 친구들을 바라보며 정성스럽게 사진에 담았다. 무엇보다도 가장 고생을 많이 했을 나의 신발. 다른 사람들은 몇 달 전부터 길들이기를 한 후 산티아고에 온다고 하는데, 나는 출발 일주일 전에 만나 겨우 두 시간 정도만 친해질 시간이 있었음에도 지금까지 나를 잘 지탱해 준 고마운 친구다. 가지런히 놓인 신발은 지난 여정의 어려움을 고스란히 간직한 채, 지친 기색이 역력했다. 소용없다는 걸 알면서도 켜켜이 쌓인 먼지를 닦아 본다. 배낭도 빠질 수 없다. 나의 모든 것을 감싸 안고 지켜 주었지만, 항상 10kg의 무게로 지그시 눌러 나에게 가장 많은 원망을 들었을 미안한 녀석이다. 오늘도 여느 때와 같이 가리비 목걸이를 곱게 걸고 나를 기다리고 있다. 스페인의 따가운 햇볕을 온몸으로 막아 준 모자. 순례길 첫날 바람을 타고 나를 떠나려 했지만, 결국 마지

막 날까지 나를 지켜 주었다. 길 위에서는 나와 함께했지만, 알베르게에서는 빨랫줄에서 휴식을 취했던 나의 옷. 두 벌을 준비했지만, 한 친구만이 항상 알베르게의 높은 곳에서 나를 내려다보았다.

모든 친구들에게 이제 하루만 더 나와 함께해 달라고 부탁하듯 기도하고 길을 나섰다.

모두가 함께한 마지막 순례길

그녀들은 수시로 사진을 보내며 자신들의 위치를 알려 왔다. 어제부터 누군가 거리 표지석에 그려 놓은 공룡을 친구 삼아 아기 공룡 로리가 엄지 손가락을 치켜세우고 찍은 사진. 다 함께 걷는 뒷모습 사진. 우리는 떨어져 있었지만, 이미 함께 있는 것이나 다름없었다. 나는 바에서 나와 돌담 사이로 좁게 이어진 골목길 끝에서 그녀들을 마중 나갔다. 잠시 후, 킴의 모습이 먼저 보였다.

"뛰어!"

무심코 외친 내 한마디에 킴이 먼저 환하게 웃으며 뛰기 시작했고, 이어 로리, 이사벨, 그리고 헨나가 뒤를 따랐다. 그녀들은 차례로 나와 하이파이브를 하며 환호성을 질렀다. 순례길의 마지막 날, 나와 까미노 친구들은 그렇게 만났다.

지난 한 달 동안 앞서고 뒤처지며 걸어온 800km. 흩어졌던 조각들이 마지막 날에 하나로 맞춰지듯, 우리의 발걸음도 마침내 하나가 되었다. 까미노가 준 마지막 선물 같았다. 우리는 참새처럼 재잘거리며, 아이들이 소풍 가듯 가벼운 발걸음으로 걸었다. 그러나 산티아고 데 콤포스텔라 시내에 들어서자 분위기는 서서히 달라졌다. 조금 전까지의 떠들썩한 웃음소리는 사라지고, 우리 모두 말없이 각자의 생각에 잠겼다. 아마도 머릿속에는 순례길에서 보낸 시간들이 파노라마처럼 스쳐 지나가고 있었으리라. 저 멀리 산티아고 대성당의 첨탑이 보이기 시작하자, 모두의 발걸음이 빨라졌다. 로리와 헨나는 흥분한 듯 얼굴이 상기되었고, 킴은 특유의 미소를 띠고 있었다. 나는 그저 앞사람의 발뒤꿈치만 바라보며 가장 뒤에서 묵묵히 걸었다.

드디어 산티아고 대성당 앞 광장에 도착했다. 그 순간, 앞에서 환호성이 들렸다. 땅끝 피니스테라까지 걸었던 켄이 다시 산티아고로 돌아와 우리를 맞이했다. 환한 얼굴로 우리를 향해 걸어오는 그의 손에는 와인이 들려 있었다. 켄의 합류로 우리는 드디어 완전체가 되었다. 우리는 켄이 준비한 와인으로 건배를 하며 우리의 순례길 완주를 자축했고, 벅찬 감정에 서로를 안아 주며 사진으로 그 순간을 기록했다. 하지만 발길이 떨어지지 않았다. 순례길의 끝에서, 우리는 그 순간을 더 오래 붙잡고 즐겼다. 킴은 누워서 로리와 헨나를 발로 받쳐 비행기를 태우기도 했고, 데미안과는 다리로 하트를 만들었다. 나는 대자로 누워 담배를 피우며 하늘을 바라보았다. 여전히 아름다운 하늘이었다.

순례길을 걸으며 내내 궁금했던 것은 이 길의 끝에 다다르면 어떤 감정이 밀려올까 하는 점이었다. 누군가는 흘러내리는 눈물을 참지 못했다고 했고, 또 다른 이는 환호성을 지르며 기쁨을 만끽했다고 했다. 그러나 나는 예상보다 차분했다. 800km를 걸어왔다는 사실이 아직 실감 나지 않아서일 수도 있다. 어쩌면 도착 지점 자체가 이제는 내게 중요한 의미를 갖지 않게 되었기 때문일지도 모른다. 지난 34일 동안 나는 이미 많은 것을 얻었다. 누구보다 깊이 나를 들여다보았고, 세대를 뛰어넘어 서로의 고민을 나눈 까미노 친구들을 만났으며, 아주 작은 것에서도 행복을 찾을 수 있음을 몸으로 체험했다. 그 과정에서 나는 이미 한 달 전의 내가 아니었다.

산티아고에 울려 퍼진 K-POP

며칠 전에 팔라스 데 레이에서 내가 제안했던 산티아고 완주 축하 파티는 현실이 되었다. 헨나가 단톡방을 만들었고, 2023년 5월 31일에 도착할 사람들이 초대되어 40여 명이 참여했다.

파티 장소에 도착하니 이미 많은 사람이 모여 있었다. 아는 사람들이 대부분이었지만, 서로의 친구들을 초대했기에 처음 만나는 사람도 많았다. 우리는 카메라를 돌려 가며 자신의 이름, 나라, 그리고 간단한 소감을 말하는 동영상을 찍는 것으로 소개를 대신했다. 한국, 미국, 캐나다, 호주, 뉴질랜드, 남아프리카공화국, 덴마크, 영국, 핀란드, 독일, 브라질, 아르헨티나 등등. 그야말로 전 세계 사람들이 모여 무사히 마친 산티아고 순례를 자축했다.

이것이 끝이 아니었다. 젊은 친구들은 1차로 헤어질 마음이 전혀 없었다. 오늘만큼은 젊은 친구들과 끝까지 함께하고 싶었다. 하지만 체력과 주량이 문제였다. 가까운 친구들과 함께한 2차에서는 이미 취해 구석에서 잠들어 버렸다. 정신을 차려 보니 술자리가 마무리되고 있었다. 그런데 켄은 2차에서 만난 현지인이 소개해 준 클럽에 가자며 우리를 이끌었다. 켄에 이끌려 들어간 클럽은 지난 한 달간의 세상과는 완전히 다른 풍경이었다. 현지 젊은이들로 가득 찼으며, 배경음악으로 K-POP이 흘러나왔다. 더욱 놀라운 것은 서너 명의 젊은 여성들이 K-POP에 맞춰 군무를 추고 있는 모습이었다. 미국이나 유럽의 대도시에서 K-POP을 즐기는 젊은이들은 여러 경로로 접했지만, 종교적 의미가 큰 스페인의 산티아고 데 콤포스텔라에서 직접 보니 K-POP의 인기를 실감할 수 있었다.

클럽을 나온 나는 더 이상 버틸 수 없었다. 나를 숙소로 바래다준 후, 다른 친구들은 해 뜨는 것을 본다며 다시 어디론가 향했다. 산티아고에 도착했을 때 느꼈던 차분함은 온데간데없었고, 내 순례길은 뜻밖의 장소인 클럽에서 K-POP을 들으며 마무리되었다. 불과 반나절 전만 해도 상상할 수 없었던 마무리였지만, 이 또한 내 순례길이었다.

에필로그

모두를 떠나보낸 후, 나는 홀로 산티아고 데 콤포스텔라 대성당 광장에 앉아 있었다. 어둠 속에서 바라본 광장은 성스러운 기운이 감돌았다. 이제 다시 원래 자리로 돌아가야 한다는 사실이 역설적으로 내가 800km의 순례길을 걸어왔다는 것을 실감하게 했다. 산티아고에 도착할 때도 울지 않았던 로리는 마드리드로 떠나는 버스 앞에서 끝내 눈물을 흘렸다. 나 또한 친구들을 떠나보내는 것이 이렇게 힘든 일일 줄은 상상하지 못했다.

"순례길은 좋은 사람들에 대한 이야기인 것 같아요." 헨나가 작별 인사를 하며 내게 한 말이었다.

그렇다, 내게 깊은 울림을 준 것은 길에서 만난 사람들이었다.

"그래서 이 여행은 길을 걷는 것이 아니라, 사람들 사이를 걷는 것 같아요." 사람 사이를 걷는 순례자,

"한 번 돌아보세요! 이미 걸어온 길이 더 멋있을 때가 많아요." 뒤돌아보는 순례자,

"혼자 걸으면서 무아지경에 빠져 아무 생각 없이 걷는 게 너무 좋아요." 홀로 걷는 순례자,

"바로 지금 같은 순간이 너무 좋아요. 그리고 아일랜드에서 커다랗게 느껴졌던 문제들이 이곳에 오면 너무 작게 느껴져요." 순간을 만끽하는 순례자,

삐딱하게 주차를 하고 "Perfecto!"를 외쳤던 이름 모를 아저씨,

사뿐사뿐 걷던 꼬마 순례자까지.

"아저씨는 좋은 사람인 것 같아요."라며 엄지손가락을 치켜세우고 돌아서는 이사벨을 떠나보내며 나는 혼자 나지막이 읊조렸다.

"나는 명랑하다, 나는 친절하다, 나는 고요하다, 나는 평온하다, 나는 진실되다, 그리고 나는 행복하다."

신을 만나기 위한 길 위에서 다시 마주한 내 자신과 사람들이 나를 구원해 주는 것 같았다.